中外经典·文学名著

列那狐的故事

（法）季诺 著

余良丽 主编

知识出版社

图书在版编目（CIP）数据

列那狐的故事 / （法）季诺著；余良丽主编. -- 北京：知识出版社，2015.11
（语文新课标必读丛书）
ISBN 978-7-5015-8872-5

Ⅰ. ①列… Ⅱ. ①季… ②余… Ⅲ. ①童话-法国-近代 Ⅳ. ①I565.88

中国版本图书馆CIP数据核字（2015）第262608号

列那狐的故事

出 版 人	姜钦云
责任编辑	周 玄
装帧设计	游梽渲
出版发行	知识出版社
地 址	北京市西城区阜成门北大街17号
邮 编	100037
电 话	010-88390659
印 刷	北京一鑫印务有限责任公司
开 本	650mm×920mm 1/16
印 张	12
字 数	140千字
版 次	2015年11月第1版
印 次	2020年9月第9次印刷
书 号	ISBN 978-7-5015-8872-5

定 价 29.90元

目　录

导 读

上帝觉得天地间缺乏了生气，于是创造了亚当和夏娃，让他们快乐地生活。与此同时，他告诉他们不能吃伊甸园中的禁果，可充满着强烈好奇心的他们能够遵守这个约定吗？

当上帝创造了宇宙天地以后，广袤的宇宙天地间，就他一人独守，他觉得宇宙中还是缺乏生气（上帝在广袤的宇宙间孤独寂寞，为亚当和夏娃的出场做了铺垫）。他就按自己的样子捏了一个泥人，并朝他吹了一口气。瞬时，那泥人便活了，上帝给他取名叫亚当。上帝把亚当安置在伊甸园东部的一片乐园里面。乐园里种着各种各样的果树，这些果树上结着甜美的果实。走进乐园，满眼都是五颜六色的果实挂满枝头，真是一片乐土啊！其中，知善恶树和生命树就在乐园的中央，上帝让亚当在乐园中耕作，并看守乐园，但是他叮嘱道："乐园中各种树上的果子你都可以吃，唯独知善恶树上的果子例外，它对你来说，就是禁果！因为你一旦吃了它，必定会死。"亚当把上帝的话牢记于心。起初，他还能兴致盎然地守护乐园，但日复一日，年复一年，孤身一人的日子让他百无聊赖起来。

"你一个人太孤独了，"万能的上帝对亚当说，"我要再给你造个助手。"

于是，上帝就在亚当熟睡之际，取了他身上的一根肋骨，造了一个女人，上帝也给她取了个名字，叫夏娃，然后，上帝把夏娃带到了亚当面前。亚当非常高兴，立刻说："她是我的亲骨肉！我以后一定会善待她的。"此后，二人结为夫妻，成为一个整体。从此，亚当和夏娃一同生活在乐园中，日子过得无忧无虑。当时，他们都赤身裸体，丝毫不懂得害羞。

有一天，夏娃遇见了蛇。在上帝创造的一切生物中，蛇是最狡猾的，但涉世未深的夏娃却不知道。

"上帝真的是那么说的？你们可以吃园中的一切果子？"蛇问夏娃。

"是的，"夏娃老老实实地回答道，"但是他再三叮咛过我们，不要吃知善恶树上的果子，否则我们会死的。"

"上帝在骗你们呢！"蛇笑了起来，"你们不会死的，他只是怕你们吃了那果子以后，眼界就打开了，从此就像他一样能分辨出善恶，也像他一样聪明（通过夏娃与蛇的对话，刻画出了蛇的狡猾本性）。"

夏娃听了蛇的话，信以为真，对知善恶树产生了强烈的好奇心，而且那棵树上的果实实在是太漂亮、太诱人了，想必吃起来也很香甜。于是她就把上帝的警告抛到脑后，摘了一个果子吃了，同时，还哄着亚当和她一起吃。吃了果子后，两个人立刻就为自己和对方的裸体感到害羞，并躲藏了起来。

上帝很快就知道了他们违反禁令偷吃禁果的事。他恼怒异常，诅咒了亚当和夏娃，并把他们从伊甸园中驱逐了出去（本句在此进行了巧妙的过渡，从而引出下面亚当和夏娃艰苦度日的故事情节）。

刚开始，离开乐园的亚当和夏娃高兴了好一阵子，因为他们终于不再受上帝的监护与管辖了，从此可以过自由自在的日子，两人不知道对现状有多么的满意。可没过几天，他们就体会到了这种自由生活的代价实在太高，因为他们在乐园中过惯了衣食无忧的舒心日子，而现在却需要自己日复一日地亲自在贫瘠荒芜的土地上去辛勤劳作。更让他们郁闷的是，即便是洒尽汗水努力工作，也未必能解决一天的温饱，生活是越过越艰苦。然而严厉的上帝也是仁慈的，他完全清楚他们的处境，思量着把他们赶下人间受苦已经算是弥补他们的过失，心里不免起了恻隐之心。于是，他打算帮助他们。

有一天，亚当和夏娃来到海边的沙滩上寻找食物，费了半天劲，才捡到了几只蚌，但是这点东西，根本就解决不了饥饿问题。正当他们愁闷焦虑之际，上帝突然出现了，他远远地站着，招手把亚当叫了过去（与上文上帝打算帮助他们相呼应，又引出下文具体的帮助行为）。

亚当跪在上帝面前，痛哭流涕，一个劲儿地向上帝诉苦，并表示愿意彻底悔过，从今以后完全听他老人家的话，希望上帝能考虑再让他们回到伊甸园去。

"孩子，回乐园的事情，你就不要再想了，对于已经打开了智慧之门的人类来说，那座乐园已经不复存在了。你和你的子孙后代都必然要在这苍凉的天地间流离受苦，只有用辛勤的汗水才能浇灌出丰饶的良田，用艰辛的劳作才能换回成熟的果实。但是，我知道你暂时还没有学会应付世界的本事，你需要一些辅助你生活的东西，因此，我特地给你送来一根神棒，你只要用它轻击水面，就会得到一个对你有用的动物。但是，有一点你必须记住，无论如何也不能让夏娃碰这根神棒。如果是她用神棒击水，那么，弄出来的东西对你们一点儿好处都没有。"说完，上帝就把一根精致的榛木棒交给了亚当。还没等亚当说出感谢的话，上帝就不见了。

亚当擦干了眼泪，仔细端详着手里的神棒，心中默默地感谢着上帝（通过"擦""端详"等词表现了亚当对上帝的感激之情）。

这时，夏娃走了过来，问明了事情的原委之后，她对上帝不让她使用神棒之事非常不满，坐在一边生了半天闷气，因为她的自尊心受到了伤害。但是，这次对她的禁令又激起了她那强烈的好奇心。她认为亚当是那样宠爱她，所以从他手中骗来神棒应该是易如反掌，想到这里，她脸上的怒气马上一扫而光。

"你快用神棒击打水面吧，"夏娃故作不相信地大喊道，"我倒要看看到底能出来个什么东西，快呀，还等什么！"亚当受了夏娃的鼓动，立刻挥棒向水面击打了一下。浪花飞溅之时，果然出现了一只母绵羊和一只羔羊。

"啊，"夏娃高兴地叫了起来，"这回我们饿了就可以吃到鲜嫩的烤羊腿了，渴了也有羊奶喝了，天冷的时候还可以用剪下来的羊毛做衣服，就不用挨冻了。"

夏娃领教了这根神棒的神奇之后，暗暗地惊叹不已："啊，果真如此，我也想要试一下。"她恳求亚当，并不断地软磨硬泡。亚当终于心软了，违背了上帝的警告，把神棒递给了夏娃。

可是，当夏娃用神棒击打了水面之后，一只狼从水里蹿了出来，以迅雷不及掩耳之势扑向母绵羊，眨眼之间就消失在树林深处了。

"都怪你！"亚当生气地说，"你的过失使我们失去了一只宝贵的动物。"说完，他愤怒地把神棒夺了回来，再次向水面打去。这回跑出来的那只动物，样子很像夏娃弄出来的狼。

夏娃哈哈大笑，用嘲讽的语气对亚当说："<u>别生气了，你用神棒打出来的动物，并不比我的好多少</u>（表现出了夏娃傲慢而又任性的性格特点）！"

可是她错了，那只动物是一条狗。狗冲着亚当摇头摆尾，摆出一副忠诚友好的样子。不等亚当的命令，他就奔向树林，跟狼搏斗，从狼那里夺回了母绵羊，把她带回给亚当。

亚当终于明白了，夏娃用神棒果然弄不出好东西来。因此，为了少惹麻烦，亚当每次用完神棒，都小心谨慎地把它藏好，以防夏娃找到。

后来，随着生活的需要，亚当用神棒把马、山羊、牛、鸡和其他各种有用的动物都弄到地面上来了。

有了这些动物，亚当和夏娃的日子是越过越舒心，但夏娃的好奇心并没有因舒适的生活而有丝毫的减弱。由于好奇心的驱使，亚当每次用完神棒之后，她都暗中跟着他，记住了收藏神棒的位置。有一天，她趁亚当没注意，偷了神棒拿去击水，于是那些猛兽和害虫都跑上来了，给她带来了无穷的烦恼。但她就是不相信自己用这根神棒只能带来不幸（此处描写了夏娃对神棒有着强烈的好奇心，在此设置悬念，引出下文）！

夏娃干这些坏事的时候一直瞒着亚当。直到有一天，她正挥着神棒打水，恰巧被亚当看见了。亚当立马奔上前想拿回神棒，可夏娃就是不给，就这样他们两个争夺起来。无意间，两人一起握着神棒击向水面。于是一只猫从水中走了出来，他兼具善恶双重特征，既乖巧，又残忍。

为了拿回神棒，亚当再一次向夏娃重复了上帝的警告，夏娃听了以后被激怒了。她用力把神棒折断，随即把它扔到了大海里。只见海面上立刻波涛汹涌，一只怪兽冒了出来。他的皮毛光亮而美丽，夏娃觉得他的皮适合做成一条暖和的围巾。夏娃高兴极了，她向怪兽奔去。可是那怪兽冷笑一声，一溜烟地逃跑了。这是他第一次捉弄人，以后还会有无数次。这只怪兽就是狐狸列那。狐狸列那诡计多端，十分狡猾，做了许多坏事，常常在动物王国里利用他的小聪明戏弄其他小动物们（此处与前文设置的悬念相呼应，由此而引出列那狐）。我们要讲的就是关于狐狸列那一生的故事。

阅读鉴赏

文章的开篇通过语言描写、动作描写、人物刻画等手法，将上帝的仁慈、亚当的诚实、夏娃的固执描述得十分传神，也为列那狐的出场做了铺垫。故事情节紧凑激荡，令人欲罢不能。

拓展阅读

狐 狸

人们通常所说的狐狸又叫草狐、赤狐，主要以鼠、鱼、虾以及较小的昆虫等作为主要食物，有时也会食用植物，偶尔会袭击家禽。狐狸的听觉和嗅觉都特别灵敏，而且善于奔跑。常在夜间活动。

列那和他的亲友

导　读

　　列那刚刚出现就开始戏弄别人了，这样一只狡猾的狐狸，他是怎样对待自己的家人的呢？又是怎样对待伙伴和朋友的呢？让我们拭目以待吧!

　　列那和他的家人一起住在马贝度城堡，他的妻子名叫海梅林。为了享受到美食，列那每天都从城堡出发，到远方去寻找猎物。这家伙是个贪吃鬼，为了能吃些好的，他可以不顾亲人、朋友和国王的利益，想出各种鬼点子。

　　列那和雄狼叶森格伦很是亲密，列那甚至还认他为舅舅。叶森格伦男爵虽然权倾天下，却没有头脑，缺乏列那的狡诈。因此，即使两人貌似很亲密，但列那仍常常想方设法戏弄他，让他吃了不少闷亏（暗示列那经常戏弄别人，而且十分狡猾）。叶森格伦只要一遇到倒霉事，就会认为是自己的运气不好，对于列那的戏耍毫无察觉，因此他和列那的关系还是一如既往的要好，甚至连他的妻子海逊德夫人也很喜欢列那。

　　雄狼叶森格伦很随和，他总是如此的和蔼热情，完全可以被所有的表兄当作榜样。

列那还有其他一些朋友，叶森格伦的弟弟普里摩、狗熊勃伦、猴子匡特洛、乌鸦田斯令、松鼠卢索、野猪波桑等都是列那的朋友，他们是国王诺勃勒和王后菲耶尔夫人的大臣。

公猫梯培拥有与列那一样的非凡智慧，不过他没有列那那么奸诈狡猾。猫和狐狸之间是不可能有什么真正友谊的。公鸡向特格雷也特别聪明，他很快就看出了列那的狡猾本性，渐渐疏远了他。其他的朋友，比如：雄狗柯尔特、蟋蟀罗拜、白颊鸟梅赏支、野兔科阿尔、麻雀特路恩也是如此。秃鹫莫弗拉对列那的巧言令色知之甚深，已经练就了一身对付他的本领（在被列那多次戏弄之后，动物们已经能从容应对列那的把戏了）。

阅读鉴赏

文中通过对比和衬托的手法，写出了朋友们的忠厚老实、温柔和蔼，同时也反衬出列那的贪婪、奸诈、自私和虚伪的丑陋本性。

拓展阅读

男　爵

11世纪末到12世纪初英国首先出现男爵的封号，一个国家内大部分的高级世俗贵族都会被册封为男爵，男爵的封号和封地可通过血缘和婚姻关系传递，但不得随意出售和转让，历代国王也不得随意增加或剥夺贵族封号。男爵在世俗贵族中占了很高比例，因此"男爵"就成了贵族的代名词。

列那偷鱼的故事

导　读

　　寒冷的天气让列那无处觅食，可是看到家人饥饿难耐的样子，他还是出去了。本来沮丧的心情，因为闻到诱人的鱼香而又振作了起来。列那是怎样巧妙地从人类那里得到鱼的呢？

　　那天很冷，天灰蒙蒙的。列那一直对着那几个已经空了的食橱发呆（渲染出一种悲凉的气氛，侧面道出列那狐无处觅食的困窘）。

　　安乐椅上，妻子海梅林眉头深锁地摇着头说："我们家里什么吃的也没有了，饿着肚子的小家伙们快回来了，他们一会儿吵着要吃东西，我们该怎么办才好？"

　　"我还是出去碰碰运气吧！"列那长长地叹了口气道，"现在可不是什么好时节，真不知该上哪儿去找。"但他还是出去了，因为不想面对妻子和孩子们悲伤的脸。他打算与将要到来的敌人——饥饿——大战一场。

　　他在林间小道上缓缓前行，不停地东张西望，却没有发现任何可吃的东西。就这样走着走着，直到走到一条被栅栏分开的大道上，他终于忍受不住心中渐渐积聚起来的沮丧，一屁股坐到了路边。寒风刺骨，此时，寒冷也向他恣意袭来。饥寒交迫的他感到自己头昏脑涨，眼前一片模糊。

正在他低头沮丧之时，突然嗅出寒风中携带着一股诱人的香味，而且越来越浓烈。他不由得抬起头，用力地吸了几口（承接上文写出了列那闻到了香味，引出下文列那偷鱼的情节）。

"是新鲜的鱼儿呀！"他兴奋地嚷起来，"可是，这香味是从哪儿飘来的呢？"

列那纵身一跃，循着香味，就到了路边的栅栏旁。他耳聪目明，嗅觉敏锐，看见远处驶来一辆大车。毋庸置疑，这股让人垂涎欲滴的香味就是从这辆车子里飘过来的。当车子渐渐行近时，他看清楚了，里面装满了活蹦乱跳的鱼。对啦，这是去城里鱼市场卖鱼的商贩，他们的筐子里装满了鲜鱼。

列那迫不及待地想吃点这些活蹦乱跳的鱼儿来犒劳自己干瘪的肚皮，当他馋得口水直流时，一条妙计在他脑子里诞生了。只见他轻轻跃过栅栏，偷偷绕到大车必经的一条路中间，躺下就地装死。他双目紧闭，舌头完全伸了出来，倒下的身子显得软塌塌的，简直就是一副刚刚暴死的样子。

"看，我们的车前躺着一只死掉的狐狸，或者是只獾。"一个眼睛稍尖的小贩看到这躺着的家伙，大叫了起来。随之，车停了下来。

"是狐狸。下车，快下车！"

"这家伙不怎么样，但那张皮倒挺好，扒下来还能做件皮衣。"

两个商贩连忙下车，走上前去查看。而列那呢，只是憋足了劲儿，拼了老命一动不动，装死到底。

他们在列那身上翻来覆去地又捏又摸，发现他那身漂亮的毛皮是难得一见的上品。

"这张皮能值四比索。"其中一个说。

"不止四比索！起码值五比索。给我五比索我都嫌少呢（通过对商贩的语言描写，写出了他对列那狐皮的喜爱）！"

"扔到车上吧！进了城我们再扒下狐狸皮卖给皮货商。"两人也没在意，顺手把列那扔到了鱼筐边，就又上车赶起路来。

9

可想而知，我们这只奸计得逞的狐狸在车上会有多么的欢畅！这辆车上有足够他一家人享用的美味佳肴。

虽然内心是万分的狂喜，但列那也不敢大幅度地动弹，只是小心翼翼地用他锋利的牙齿咬开了一个鱼筐，然后津津有味地享用起来。一眨眼工夫，他就把三十条鲱鱼塞进了肚子。虽然没有调味料，但味道也丝毫不逊色。

饱餐一顿之后，列那根本就没想到要逃。一家人的饥饿问题还要靠自己解决呢！这可是千载难逢的好机会啊。"咔嚓"，他又用牙齿咬开了另一个装满鳗鱼的鱼筐。

这次他先自己尝了尝，为的是弄清楚鱼儿是否新鲜，以确保家人不会因为吃了不新鲜的鱼而拉肚子。在确认是鲜鱼后，他灵巧地串起几条鳗鱼，做成项链挂在自己的脖子上，接着悄悄顺着车尾滑了下来（通过动作描写，表现出列那的细心以及他对家人的关心）。虽然他十分小心，却还是弄出了一点响动。商贩们扭头发现了他，当看到那只死掉的狐狸竟然神奇地从车上逃了下来，他们惊得目瞪口呆，完全不知所措。得意扬扬的列那对待在那里的他们大声讥讽道："朋友们，愿上帝保佑你们！我的皮可不止值五个比索，所以还是寄存在我身上吧！这鳗鱼就谢谢你们啦，放心，我还给你们留了些更好的！"

商贩们这才知道他们被列那的诡计愚弄了。

气急败坏的商贩们当即停下大车，去追赶列那。可是尽管他们使出吃奶的劲儿，跑得气喘吁吁，还是追不上列那，列那总是比他们快一步（形象地刻画了商贩们得知列那偷鱼之后的表情和动作）。他飞快地翻越栅栏，很快就从追捕者的视线里消失了。后悔不已的两个商贩只好无奈地上了车。

列那很快就跑回了家。

海梅林亲切地微笑着迎接丈夫的归来。她看到列那脖子上挂的那串"项链"，觉得再也没有什么首饰能比这个更美了。她对丈夫的战果很是满意，并大大地赞扬了丈夫一番，然后谨慎地关上了马贝度城堡的大门。

列那两个稍大点的孩子贝尔西埃和马尔邦什虽然还不会捕猎，下厨却很有一套，他俩生好火后就把切成块的鳗鱼用铁棒穿起来，有模有样地放在火上烤着。

海梅林则忙着伺候丈夫，给他洗脚。当然，那身被鱼贩们估价为五比索的漂亮的毛皮也在她的擦洗之列。

阅读鉴赏

文中通过语言描写、动作描写和环境描写，写出了列那狐一家人在寒冷的冬季无处觅食的窘况，突出表现了列那为了给家人寻找食物不择手段，以装死来蒙骗人类的狡猾本性。

拓展阅读

比　索

比索是主要在前西班牙殖民地国家所使用的一种货币单位，有纸币和硬币两种形式，其中以"狮仔币"最为普遍。"狮仔币"是西班牙及其在拉美的墨西哥、秘鲁、智利、危地马拉、玻利维亚等殖民国家在国王卡洛斯四世统治期间铸造发行的。此币币面是一个站立的狮子图案，背面中间铸有城堡，左边为铸造国的铸地标记，右边是币值，下方是铸造时间。

戏耍雄狼叶森格伦

导　读

　　列那为家人带来了新鲜的鱼，可是刚巧他的舅舅雄狼叶森格伦从门前经过，闻到了浓浓的鱼香，不禁口水直流，在门外不停地央求，希望能得到一块鱼肉。列那是怎样对待舅舅的呢？他是用怎样的手段戏弄和折磨舅舅的呢？

　　正当列那一家忙着准备丰盛的鳗鱼晚餐时，雄狼叶森格伦经过列那家门口，闻到了从列那家飘来的食物的香味。

　　在这样寒冷的季节，食物是很难找的。叶森格伦已经大半天没吃东西了，所以鳗鱼的香味一下子就激起了他的食欲。现在他感到更饿了。他顾不得自己男爵的身份，接近那扇紧闭的大门，使劲儿地嗅着，用力地吸着鳗鱼的香味。"上帝啊，太香了！"叶森格伦在房子周围徘徊，不时吸两口香气，接着深深叹起气来，最后还是忍不住去敲门了。

　　"开门！快开门，是我！"他大声叫道，"我给你们带来好消息了！"

　　其实，列那早就猜到是叶森格伦在门外，一听到这声音就更加确信了，但是他还是故意问道："是谁呀？"

　　"是我呀，你舅舅，好外甥，快开门吧！"

　　"哦，真的是您？我还以为有小偷呢！"列那故意大声说道（通过对列那狐语言的描写表现出其狡猾的本性）。

"快开门吧，我快不行了。"叶森格伦用微弱的声音说。

列那不为所动，严肃地解释道："我的好舅舅，我得等修士们吃完饭才能为您开门。"

"在你家的是哪个修会的修士？"叶森格伦很是好奇。

列那欺骗道："您没听说过天龙修会的修士吗？您不知道我已经进了这个修会吗？我家现在已经成了天龙修会的修道院，修士们现在都住在这儿呢！"

"就不能请我进去参观一下你的修道院吗？"叶森格伦简直有些急不可耐了。

"当然不行，您这样太没有礼貌了，我的贵客会不高兴的。"

"你们到底在吃什么肉啊？那味道直引得我口水直流，饥肠辘辘。"

"肉？哪有什么肉啊？"列那故作惊讶，"不过就是点新鲜的奶酪和大块的肥鱼，就是教皇允许我们吃的东西啊！"

"好外甥，我快饿死了，不管是肉还是鱼，都给我来点吧！看在天这么冷的份儿上，你就行行好，可怜可怜你舅舅吧（通过语言描写，表现出叶森格伦饥饿难耐的窘境）！"

"我不能答应您的请求，这里非修士是不得入内的。"列那故意严肃地说道。

叶森格伦知道列那是不可能让他进屋了，可他还在垂涎那些美食，不肯放弃，继续站在门外恳求。

"好外甥，就给我一块吧，一块就好。你知道我已经饿得快疯啦！求你了，就给我一小块，一小块就行！"

列那听到这里，心中虽然暗自偷笑，表面上却装出一副无奈的样子说道："哎，谁叫您是我舅舅呢？为了您，我也只好破例去给您找一块了！"

列那很快就拿来两块鱼。他先捡起其中一块大的自己尝了尝，然后把另外一块从门上的小洞里送了出去。叶森格伦拿到鱼，囫囵吞枣般地一口就咽了下去，但他立刻又想，要是能再吃一块就好了。

"这一块是修士送的。他们希望您不久以后也能加入我们的修道院。"这时，从里面传来列那的声音。

"成为修士以后你们会给我好吃的食物吗？"叶森格伦舔着嘴唇问道。

"当然啦，您将得到贵宾般的待遇，我们会让您享受个够！"列那奸诈地答道，"但是截至目前，您还没有答应，所以我不能再多给了。为了显示诚意，您应该立刻接受剃度仪式，快来受洗吧。"

"还要剃度？"叶森格伦很惊讶。

"当然，要把头发全剃光。"列那严肃地说道。

"那就快点剃吧，重要的是能多给我一点美食！"叶森格伦回答得异常爽快。

"那还用说！"列那大喊道，"像您这样聪明、高贵又有诚意的人，用不了多久一定能成为这里的院长！好舅舅，我相信您有朝一日会成为一名令我敬佩的院长。"

叶森格伦听了这话，心中简直乐开了花，但他却假笑道："别开我的玩笑了，还是快给我剃度吧，我想早点加入你们修会。"他们私下里各怀鬼胎，表面上却似乎已经达成共识：列那算计着怎么狠狠地捉弄叶森格伦一下，叶森格伦为了吃到鲜美的肥鱼，也只能听凭列那摆布了。

列那回到屋里，把贪吃的叶森格伦晾在门口。少顷，列那从炉子上提了一壶刚烧开的水走到门边，向叶森格伦喊道："来吧，这个洞是专为剃度而设的。快把头从这里伸进来，我替您举行受洗仪式，这样您就成为我们修道院里最标准的修士了。"

可怜的叶森格伦一心想尽快加入修士行列，从而吃到可口的食物，所以他对列那的话深信不疑（表明这时的叶森格伦已经被即将吃到的美食冲昏了头脑），当列那说完这番话后，他便毫不迟疑地把头伸进了洞里。阴险歹毒的列那随即提着开水就向叶森格伦的头上淋去。叶森格伦被烫得不住地哀号："列那，你想害死我吗？你剃度的面积过大了，真烫啊，烫死我了！"

叶森格伦虽然保住了性命，却被开水烫得血肉模糊，他费了好大的劲儿才把被烫伤的头从洞里缩回来。

列那并不想停止这种残忍的恶作剧，他灵光一闪，又计上心来，说道："你现在和我们修道院的修士已经没什么两样了，接下来我们讨论一下今夜露营的事情吧！教会规定，剃度者入会的第一个夜晚要接受考验，神职人员必须这样。"

叶森格伦痛苦地摇着被烫伤的头，无奈地叹气道："这是我该做的。"

阅读鉴赏

文中通过语言和动作描写，表现了雄狼叶森格伦的可怜与盲从，为了得到一块鱼肉，不惜被列那残忍地戏耍。同时也表现了列那喜欢捉弄别人的本性，但他对雄狼叶森格伦的残忍是我们所不齿的行为。

拓展阅读

奶 酪

奶酪是一种经过发酵而制成的牛奶制品，和酸牛奶有许多相似之处，但它的乳酸菌含量要比酸奶高，因此营养也更加丰富，富含大量磷、钙等对身体有益的营养成分。

列那教叶森格伦捉鳗鱼

导　读

　　被列那捉弄得烫伤脑袋的叶森格伦，坐在列那家门口一边呻吟，一边念念不忘那美味的鳗鱼，对鳗鱼的思念真是"痴心不悔"。他吃上鳗鱼了吗？为此他又付出了怎样的代价呢？

　　且说叶森格伦坐在列那家的大门口呻吟，列那从侧门出来，走到他的跟前假惺惺地说道："我的好舅舅，我真是爱死你了！漫漫长夜，天寒地冻，您却孤零零一个人在外面，让人看了真是于心不忍啊！如果我陪着您的话，晚上您也许就不会那么难过了吧。"

　　叶森格伦只是哀号着、颤抖着、小声地抱怨着，完全无力作答。两人默默无言地向夜的深处走去，正值寒冬，他俩来到附近一个池塘旁边，却发现池塘已经结冰了，冰上有一个窟窿，那是农民为了饮牲口而特意凿开的。列那盯着这个冰窟窿瞧了瞧，发现冰窟窿边还放着一个汲水（从井里打水，取水）用的吊桶。

　　"哈哈，"他自顾自地说道，"这可真是个捉鳗鱼的好地方呢！"

　　这话一出，叶森格伦仿佛看到香喷喷的烤鳗鱼已经摆在面前了，他的肚子咕噜噜地响了起来，烫伤之苦也完全抛之脑后了。

"如何才能抓到鳗鱼呢？"叶森格伦两眼放光地问道（形象地表现出叶森格伦对鳗鱼的渴望）。

"用这个，"列那指着一旁的水桶说，"用绳索系住它，然后让它沉到水里。耐心地等一段时间，当桶被提起来时，里面就装满那种鲜美多汁的鳗鱼了。"

"我现在就要捉鳗鱼！"叶森格伦抢着说道。"既然你这么想，那么，我的好舅舅，您就捉吧！"列那说，"只要我不向那些修士告密，他们就不可能知道您今晚破了戒，但我们到哪里去找系水桶的绳索呢？我这里这点细麻绳恐怕派不上用场。"

"啊，我想到了！"叶森格伦叫了起来，"列那，我就这样蹲着，你把水桶系在我尾巴上放进冰窟窿里，等待鱼儿自投罗网，这样就没有哪只鳗鱼能够跑得掉了。"

列那暗自偷笑，立马动手把水桶紧紧地拴在叶森格伦的尾巴上。叶森格伦就蹲坐在冰面上，看着水桶沉到了冰窟窿里。

这时，列那满脸得意地托着腮，躲到远处的灌木丛里，监视着叶森格伦的行动。

夜凉如水，拴在叶森格伦尾巴上的水桶逐渐被冰冻住了。可怜的叶森格伦还以为桶里已经装满了鱼呢，所以对自己越来越重的尾巴不以为意。那些冰块又厚又硬，叶森格伦终于动不了了。这时他才着急地大喊道："列那，水桶应该都满了吧？装太多了，我已经动不了啦！你快来帮帮忙吧！再过不久人们就要起来了，那时就危险了。"

列那在远处满脸讥嘲地大笑着。

"贪心不足蛇吞象！你这个贪心的家伙！"他喊道。

天很快就亮了，人们都起了床。

一个习惯于在清晨狩猎的绅士骑着马儿，带着随从和猎犬出来寻找猎物，野地里顿时热闹起来（通过写绅士出来狩猎的情形，为下文发生的事情做了铺垫）。

"狼！是狼！"随从们惊叫道，"他被绑住了，快捉住他，打死他！"

17

一大群人朝叶森格伦直奔而去。绅士带着猎犬冲在最前面。

列那一听到马蹄声,就逃得无影无踪(没有一点踪影。形容完全消失,不知去向)了。

绅士下马后,持剑向叶森格伦跑来。可绅士踏上冰地后,脚下一滑,剑没有刺中狼的身体,却斩断了狼冻在冰里的尾巴。

叶森格伦却因此得救了。他负痛一阵狂奔,总算摆脱了猎犬的追击,除了落下一段尾巴在冰窟窿里,还损伤了不少皮毛,但能保住这条小命已是不幸之中的大幸了。可他只要一想到那段失去的尾巴,就痛苦不堪,难以忍受。终于,他意识到是外甥列那在戏弄他,想到这里,他感到更加痛苦了。

阅读鉴赏

文中通过语言描写、动作描写、场景描写等描写手法,突出表现了叶森格伦为了得到食物的贪婪和愚昧,同时更衬托出列那的奸诈和狡猾。

拓展阅读

绅 士

绅士,中国旧指士绅,指地方上有势力的地主或退职官僚。而西方的绅士则指源于17世纪中叶的西欧,由充满侠气与英雄气概的"骑士"发展而来的一类人,后在英国盛行并发展到极致,社会地位仅次于贵族。

导　读

　　对美味的鳗鱼朝思暮想的叶森格伦三番五次地遭受列那的戏弄，却依然被列那的三寸不烂之舌诱导，他承认是自己的运气不好才会如此倒霉，这回狡猾的列那又给叶森格伦带来了怎样的麻烦呢？

　　列那用他那三寸不烂之舌使叶森格伦相信他是因为运气不好，才差点在池塘上遇难，因此叶森格伦很轻易地就原谅了他（一方面表现出列那的能言善辩，另一方面则体现了叶森格伦对美食的渴望）。

　　然而，他还是对那鳗鱼的味道念念不忘。他从没有吃过如此美味的佳肴，馋得他做梦都在流口水。于是，他天天缠着列那要他履行承诺。

　　他说："我已经剃度完，准备好入会了。还需要干什么呢？我希望马上就能成为你们修道院的修士！"

　　"我的好舅舅，"列那装模作样地说，"您还要完成一项任务才行。"

　　"什么任务？"

　　"您会敲钟吗？"

　　"敲钟？"叶森格伦十分惊讶。

　　"对，敲钟！一个真正的修士，必须会敲钟，您上知天文，下知地理，应该不至于连这个都不知道吧？"

停顿了一会儿后，列那又接着说道："在修道院的钟楼里，我们有足够的时间敲钟，只要试试就好。"

"试就试，实话告诉你，我连最小的钟都没有敲过，敲钟这种事应该没什么困难吧？"叶森格伦道。

"敲钟对于别人来说可能还有点困难，但凭您的聪明才智，在极短的时间里就能够做到。"

叶森格伦又问道："这项任务完成后，我就能够名正言顺地以修士的身份进入修道院了吧？"

列那回答道："当然是这样！"

"那就快试试吧。"

修道院里静悄悄的，一个人也没有。此时，修士们不是在田间散步，就是坐在小房间里诵经。

列那指着坠到地上的麻绳说："舅舅您看，您只要拉拉这些麻绳，钟就会响，很容易的。"

叶森格伦瞥了一眼那些绳子，说："万事开头难，你帮我把绳子系在腿上。这样绳子才不会轻易脱落。"

列那暗自窃喜，但表面上却说："我怎么没想到呢？这方法的确很好，我就在您前腿上绑两根绳子，一定能成，您就放心大胆地敲，我在外面放哨，帮您看着附近的居民，免得有人来打扰（通过语言描写表现出列那的狡猾）。"

列那一边说，一边给叶森格伦系绳子。然而，叶森格伦使出吃奶的劲儿去拉绳子，钟却还是纹丝不动。就在这时，列那趁机悄悄开溜了，由于钟太沉，叶森格伦整个人都被吊在了半空！就在他认为自己再也无法返回地面时，钟却慢慢发出一阵轻微的响声，然后，其中一只响了。接着，另一只也跟着响了。最后，所有的钟全响了。不和谐的音乐响彻云霄，没多久，周围的居民都被惊动了，全都到钟楼前一探究竟。而这时，列那却装起了好人，他把头伸进门里大喊：

"快跑啊，再不跑我们就要被人们逮住了。"

列那说完拔腿就跑，很快就没影儿了。而可怜的叶森格伦两只前腿此刻却被绳子紧紧绑住，悬挂在半空。他急得在空中拼命地挣扎，心想：这次可真是玩完了。但是幸运的是，因为他的剧烈动作，绳子居然被扯断了，叶森格伦从半空中摔了下来，又一次绝处逢生。

凄惨落地的叶森格伦打量着四周围观的人群，感到既害怕又难堪，他挣扎着解开了系在腿上的麻绳，在周围的那些人还没有反应过来前，他便趁乱快速地逃走了，地面上留下了不少他的毛皮和血迹。

现在，叶森格伦对列那恨之入骨，觉得列那是他一切痛苦的根源。这回他终于明白了，列那是故意让他冒险，让他遭罪。

叶森格伦强忍痛苦，一瘸一拐地往回走，一路上不断地发誓要报仇，他相信，将来有一天他一定能报仇雪恨（为下文叶森格伦报仇做了铺垫）。

阅读鉴赏

文章通过语言描写、动作描写、场景描写等描写手法，刻画出列那狡猾、诡计多端的本性，同时也表现了叶森格伦三番五次上当受骗的愚蠢行为。故事情节跌宕起伏，一波三折。

拓展阅读

鳗　鱼

鳗鱼又称鳝，是一种外观类似蛇形的鱼类，具有鱼的基本特征，但无鳞。鳗鱼与鲑鱼类似，具有洄游特性。鳗鱼一般产于咸淡水交界海域，在中国主要分布在长江、闽江、珠江流域。

叶森格伦复仇反被害

导 读

　　叶森格伦被列那戏弄了几次之后，终于想到要报仇雪恨，但是列那一直躲在家里不出来，叶森格伦一直监视着列那的动向。他们能否相遇？叶森格伦能否如愿以偿呢？

　　为了小心起见，这段时间列那一直待在家里不出门，因为他的几个好朋友告诉他，叶森格伦已经开始准备报仇了。列那趁着这段时间，一边在家教孩子们学习，一边整修马贝度城堡。他并没有把叶森格伦的报复放在心上，反而生活得很开心，也很平静。

　　可没过多久，他就开始对这种平静的生活感到难以忍受了，就连海梅林精心烹饪的贮藏室里的食物他也感到厌恶不已，并开始怀念那些新鲜的鸡肉了。列那伸着懒腰、打着哈欠，看样子准备出门了（通过一系列动词的运用，表现出列那久居家中的厌烦心态）。

　　海梅林紧张地大叫起来："亲爱的，叶森格伦还在气头上，你一定要小心啊！如果他还守在外面怎么办？千万不能掉进他的陷阱啊！"

　　列那郑重其事（严肃认真，形容说话做事时态度非常严肃认真）地对妻子承诺自己会当心的，说完就出去了。

22

叶森格伦这段时间真的一直在马贝度城堡附近打转，他对列那的行踪了如指掌，正伺机报复。他对列那恨之入骨，这种愤恨随着时间的推移变得越来越强烈。他下定决心，一定要把列那碎尸万段。但他一想到自己已出来这么久了，老婆和孩子一定正在为他担心，便决定回家了。他最后瞥了一眼列那家的方向，突然看见列那家的大门被轻轻地推开了，露出一条缝，透过缝隙他可以清楚地看到列那的尖鼻子。

叶森格伦兴奋地自言自语起来："皇天不负苦心人，终于让我等到了。列那，我不会让你好过的，这几天你对我所做的一切我都要让你加倍偿还（通过对叶森格伦语言的描写，表现出他对于列那的痛恨以及报仇的决心）。"

他在心里盘算着：等列那出门后，在离马贝度城堡有一段距离的地方下手才比较保险，这样可以防止他以诡计脱身。想到这里，叶森格伦便继续躲在草丛里伺机而动。

机警的列那早就猜到叶森格伦会在附近埋伏，为了避开叶森格伦的陷阱，他紧贴着屋子的墙壁绕了一个大圈子。

叶森格伦本来准备藏在草丛中，趁其不备捉住列那。但现在他只能从草丛里跳出来追他。列那敏锐地注意到草丛里有动静，知道自己已经被盯上了，于是拔腿就跑。

这段时间列那吃得好，睡得饱，再加上现在又呼吸了新鲜空气，头脑也清醒了不少，变得精神饱满、斗志昂扬；相反，叶森格伦连续几天不吃不睡、疲惫不堪，完全失去了往日的神勇。但仇恨能给人力量，一想到自己所遭受的一切，他就奋不顾身地跳出来向列那逃走的方向紧追而去。

狡猾的列那为了混淆叶森格伦的视听，故意和他捉迷藏，在他前面时隐时现。叶森格伦上一秒才看见他在右边的大路上飞奔，下一秒他就无影无踪了。叶森格伦被逗得头昏眼花，不知该如何是好。

就这样，叶森格伦一刻不停地追赶，终于再次发现了列那。列那感到自己已经没有力气了，心想这下可死定了。可他突然心念一转，掉头向右边一跃，向一幢房子飞奔过去。那房子门口有一排装满颜料的大木桶。列那想跃过木桶，躲到房子里去，可因为用力不够，跳得不够远，恰巧落到了木桶里。列那被染料呛得不停地咳嗽，接着就是一阵窒息。列那的咳嗽声引起了一个染布工人的注意。

"喂，你在干什么？"染布工人问。

列那不慌不忙地答道："我路过的时候看到这些染料桶，便不由自主地想到桶里看看。因为我也当过染布工，还知道些祖传秘方，所以看到这些就忍不住想试试自己的技术。您可千万别生气啊！老师傅，您能先把我拉起来再说吗？"

染布工人觉得列那在胡说八道，他根本不需要别人给他传授染布秘方，但他为人忠厚善良，所以还是拉了列那一把。

列那出来后，对染布工人说："谢谢！就算您不感兴趣，以后我也会给您送来我那个染布秘方的。"

刚说完，列那就带着他那被染成黄色的毛皮发力狂奔，这场意外让他惊得把叶森格伦的事完全抛到了脑后，可他才跑到一个栅栏旁，就又和叶森格伦相遇了。

列那还没来得及躲，却见叶森格伦毕恭毕敬（形容态度十分恭敬，后来也形容十分端庄和有礼貌）地对他行礼道："欢迎来到这里，尊敬的客人。我从没见过如此漂亮的皮毛、这样鲜艳的色彩，请问您是从哪里来的呢？"

列那立刻明白是染料改变了他的外貌，让叶森格伦认不出他了。他回答道："我来自英国，可现在我失去了自己赖以生存的大弦琴，该怎么办啊？"叶森格伦说："您会弹大弦琴，那么肯定会唱歌吧？这是个值得尊敬的职业，我可以为您提供帮助，但您也得帮助我。"

"这是我的荣幸。"

"非常感谢！我想问问您有没有见到一个红色皮毛的丑家伙？他长得很丑，和您这一身金黄的皮毛完全不同，而且他为人卑劣狡猾，而您却是如此平易近人。"

列那立刻答道："我从没见过这样的家伙。"

"真遗憾。竟然又让这可恶的家伙逃了。"叶森格伦叹气道，"如果让我抓到他，一定让他死无葬身之地，看来今天只好先搁下了。"

列那摇了摇已经改头换面的黄色脑袋，佯作同情（通过细节描写，表现了列那随机应变、将计就计的机智）。

"您知道什么是大弦琴吗？"列那问。

"当然，您跟我来，我在一个节日的晚上曾听一户人家弹过，那里有一架大弦琴，那声音太美了，肯定是架好琴。"

于是，他们一同来到叶森格伦所说的那户人家门口，透过窗户看到大弦琴就在离窗口不远处。"看到了吗？快去拿呀。"

列那说："我可不敢，我不敢进去。"叶森格伦用蔑视的口吻说道："没胆儿的家伙，难道你想让我帮你拿？"

列那佯装惊喜地说道："那样就再好不过了。"叶森格伦想尽量在这个"陌生人"面前展现自己的热情和勇敢，所以他答应了"陌生人"的请求，从窗口跳进了屋子。

但是，叶森格伦发出的响声惊动了一只正躺在床下睡觉的独眼猎狗，一场恶战瞬间就拉开了序幕。主人们听到打斗声，全都跑出来帮助猎狗。结果，叶森格伦被打得浑身是伤，所幸的是他最后奋力从人群中逃了出来。

这一次他连列那也不能怪，所以心情更加恶劣了。他对天起誓一定要找到列那，报仇雪恨。这决心变得更加坚定。但当他从屋子里逃出来后，却发现那位本应感激他的朋友不见了（列那的逃跑，暗示了他胆小怕事的性格，另外也体现了他的狡猾）。

阅读鉴赏

文章通过语言描写、场景描写、侧面描写等描写手法，展现了列那的诡计多端和爱耍小聪明的性格特点，同时也反衬出了叶森格伦的拙笨、不善于识别真相、不爱动脑子的愚蠢特点。

拓展阅读

猎 狗

　　猎狗是用于追逐猎物的狗，具有凭借嗅觉跟踪猎物的本领。一只训练有素的猎狗能够领会吹口哨、招手、呼唤等动作。一只好猎狗不仅能抓住奔跑的狐狸或狼，而且能咬住逃进洞穴里的动物的尾巴，将它们拽出来。

白颊鸟智斗列那

导　读

　　列那的可恶行为被很多动物不齿，大家都对他产生了戒备之心。这天他又出来觅食，遇到了白颊鸟，于是心生一计，开始引诱白颊鸟。这次是谁捉弄了谁呢？之后列那又遇到了什么危险呢？

　　这一天，列那起得很早，因为他又要出门寻找猎物来填饱肚子。

　　他迈着轻快的步子穿越田野时，看见一只白颊鸟停在松柏树的树枝上。仔细一瞧，原来白颊鸟在树上造了一个窝，此刻正在孵蛋呢。狡猾的列那眼珠一转，计上心来。列那对白颊鸟喊道："早上好，梅赏支夫人，真高兴一早就能见到您。请您下来，和我拥抱一下吧。"

　　白颊鸟回答说："早上好，列那，但我要对你说实话，对于你的所作所为我再清楚不过了，你那些害人的把戏早已街知巷闻（通过对白颊鸟语言的描写，表现出列那经常戏弄他人的事实，也表现出白颊鸟的警惕）。我一点也不相信你，更不想和你扯上哪怕一丁点儿的关系。你的心已经卖给魔鬼了，谁会蠢得相信你这种人神共愤的浑蛋？"

　　列那为了自己的计划强压怒火，仍然尽量摆出一副亲切的面孔说："梅赏支夫人，即使您不想和我有任何关系，但您不会忘了我是您儿子的干爹吧。这身份已经让我们扯上关系了啊，对于我们之间的关系我会非常珍惜的。您难道不知道最近国王——狮子诺勃勒已经颁布命令，让我们要和睦相处吗？他还给出了具体的政策，要所有国民在他的管辖区内休战，所有人都要服从他的命令，和睦共处。所以，我们不需要再担心了，国内所有的人民，不论是鸟类还是兽类，不论大小，都可以开开心心地安居乐业了。"

梅赏支听完列那的话，说道："列那，感谢你的消息，听起来的确振奋人心，但你还是去找别人拥抱吧。我才不会让你愚弄！"

"梅赏支夫人，你为什么就不肯相信我呢？我这回可是诚心诚意的，您真的误会我了。您要怎么才能相信呢？那好吧，我闭着眼睛和您拥抱总行了吧？"列那说。

白颊鸟感到无法拒绝，只得假装妥协，她说："哦。那好吧，我答应你，但是你必须先把眼睛闭上，你闭上眼睛我再下来。"

见列那已闭上眼睛，于是她抓了一大把青苔和树叶向列那飞去，并用青苔轻轻地碰了碰闭着眼睛等待拥抱的列那的胡须。这时，歹毒的列那以为机会来了，迅速张大嘴巴一口咬了下去，可咬到的却是青苔和树叶。

列那感觉不对头，立刻睁开眼睛，却看到白颊鸟站在不远的枝头咯咯直笑。

白颊鸟说："列那，难道这就是你所说的友善与和睦吗？我看这真够有趣的，幸亏我对你的为人知之甚深，才没对你的那些鬼话信以为真。"

可卑鄙的列那却仍旧大言不惭地说道："哦，亲爱的梅赏支夫人，我只不过想和您开个玩笑罢了，您应该也是如此吧。来吧，我们重新来一次正式的拥抱吧。"

梅赏支说："好吧，但还是请你先闭上眼睛。"

列那闭着眼睛等着，满以为白颊鸟会从对面飞来，可聪明的白颊鸟从右边飞向他。列那听到声音，迫不及待地张大嘴巴用力咬下去，可没想到又扑了个空。等他再次睁开眼睛，白颊鸟早就飞回枝头了。

白颊鸟怒不可遏地叫道："列那，我又识破你的诡计了，这次若不是我够谨慎，就只能任你鱼肉了。想让我相信你，别做梦了。"

"您根本不了解，"列那继续引诱道，"您不仅胆小如鼠，还老是怀疑我，所以我决定也要惩罚您一次。来，我们再来一次吧。下不为例，亲爱的梅赏支夫人，您不用担心，我可是您儿子的干爹啊。就凭我和您儿子的这层关系，我也一定不会对您下毒手的。为了增进我们彼此之间的情谊，再来一次吧，快下来。"

白颊鸟可不像那些笨蛋傻瓜，她当然不可能相信谎话连篇的列那，因此不管列那说什么，她仍旧打定主意稳稳地停在树枝上。

此时，一群带着猎狗经过的猎人发现了列那，立刻叫嚷起来："快看，狐狸，是狐狸，快捉住他！"

猎人们挥着马鞭飞奔而来，号角和喇叭声交织在一起，声音越来越近。

列那见势不妙，立刻想要开溜，连白颊鸟的回答差点儿也没听到（通过列那的反应，表现出他的恐惧和慌乱）。白颊鸟说："列那，我信了，我相信你了。你等着，我就下来和你拥抱。可你跑什么啊？那些人和马是来干什么的啊？你所说的友好相处的法令呢，怎么会这样？"

列那边逃边喊："梅赏支夫人，这些人一定还不知道这个法令。他们太年轻了，还没有从他们父母那里听说这个法令呢。"

"哦，亲爱的列那，别跑那么快，我现在就要和你拥抱。"白颊鸟故意大声地喊道。

"现在可不行，我没那闲工夫。"列那边跑边虚伪地说。

列那不停地奋力向前跑，希望能够摆脱猎人的追捕，但没想到却撞上一个带着两条狗的修士。列那前有堵截，后有追兵，处境更加危险了。就在这时，猎人带着狗终于追了上来，远远地朝修士喊道："放手，快放开你的狗。"

列那被前后夹击，很清楚自己的处境。他知道，如果自己被抓，肯定凶多吉少。因此，他又开始想方设法耍手段，想要躲过此劫。

他对修士说："伙计，看在上帝的面子上，您就放过我吧。我相信您会遵守'十诫'，不会伤害我的。我正在和那些跑过来的猎狗比赛，赢的人可以获得一大笔赌金。您看，我就要赢了，但是他们却想方设法阻挠我获胜。别相信他们，如果您拦住我，就是在犯罪。"

"你快过去吧，上帝保佑你。"修士说。

正直的修士完全被列那蒙蔽了，紧紧地牵着他的狗为列那让道。

列那迅速跳进草丛中，猎人再也找不到他了。虽然成功脱险，但列那不敢稍作停留，仍旧不停地朝前跑，因为后面的敌人太可怕了，他希望能远远地摆脱他们。

阅读鉴赏

列那一次又一次地引诱白颊鸟，想让她下来和自己拥抱，然后伺机吃掉她，但是白颊鸟早已洞察他的心计，看穿了他的本性，于是将计就计地戏弄了列那两次。可是，列那依然不死心，正当他想要再使诈的时候，却被猎人发现，被猎狗追赶的同时，在前方又遇到带着两条狗的修士，在这前有强敌后有追兵的情况下，他又开始玩弄手段，利用花言巧语骗过了修士，迅速地逃入了草丛中。

文章通过语言描写和动作描写，突出了列那的奸诈、狡猾，同时也表现出了白颊鸟的警惕、聪明与机智。

拓展阅读

青 苔

苔藓，颜色翠绿，生长在水中或陆地阴湿处。池塘中的"青苔"又称"青泥苔"，会争夺其他藻类生活空间，并消耗池塘水中的养料，影响浮游生物的繁殖。

列那和乌鸦

导　读

　　乌鸦田斯令偷了农场老妇人的一块奶酪，正在自鸣得意地嘲笑这个老妇人的马虎大意，刚巧赶上狐狸列那出来觅食，当乌鸦独自享受自己的美味时，几块奶酪屑被狐狸发现了。此时，列那将怎样对待这个大好时机呢？

　　一天，列那在河边看到河水清澈见底，忍不住跳进去舒舒服服地洗了个澡。洗完后他在草地上打着滚儿，希望身上的水能快点干。他很想躺下来睡一觉，但他太饿了，不得不去找点东西填饱肚子（这段场景描写交待了故事发生的时间、地点，同时也点出列那的饥饿难耐）。

　　正巧不远处有家人做了许多奶酪，晒在太阳底下。乌鸦田斯令闻香而来，在奶酪上方盘旋不去，等待机会。这时，乌鸦看到屋主人终于进屋了，便飞快地拍着翅膀俯冲下来，叼走了一块奶酪。

　　当主人从屋子里出来时，正好看得一清二楚，顿时怒火冲天地大喊起来："小偷！浑蛋！卑鄙的家伙！快放下我的奶酪！"她捡起石子就向乌鸦田斯令砸过去，可全都落了空，乌鸦牢牢地抓着奶酪，冷笑着对奶酪的主人喊道："你这马虎大意的老太婆，奶酪放在这里迟早会给狼叼走的，还不如便宜我，以后要是有人向你讨奶酪，就说已经被我拿走了，这是我的点心。老太婆，这块奶酪闻起来可真香，我吃的时候一定不会忘记你的。希望它能和闻起来一样好吃，现在你就看好剩下的这些奶酪，提防其他动物吧！"

乌鸦抓着奶酪飞到山毛榉树的一根树枝上停下，大吃特吃起来。碰巧的是列那正在山毛榉树下觅食。乌鸦想用他的尖嘴啄去奶酪的外皮，他啄得太用力了，以至于有几块碎屑落到了列那面前，列那立刻发现了碎屑。

饿得头昏眼花的列那很想弄清楚这些奶酪碎屑是从哪儿来的，于是四处张望。终于，他发现茂密的树叶中藏着乌鸦田斯令，他正一下一下地啄着那块偷来的奶酪。列那大叫道："田斯令，真的是你吗？哦，亲爱的伙计，上帝保佑你已故的父亲——罗赫特伯爵能上天堂！你父亲那美妙的歌声我至今都回味无穷呢！我记得你小的时候歌声也很动听呢，真是金嗓子啊！我非常喜欢音乐，今天能和你不期而遇真是太棒了，你能唱首歌给我听吗？我会非常高兴的！"

田斯令戴上列那给他的这几顶"高帽子"，立刻得意得忘乎所以，哇哇大叫起来。

列那说："太好听了，你真是进步神速，但我觉得你还有能力把音调拉得更高。"

田斯令觉得自己俨然就是一位伟大的音乐家，他扯着喉咙发出一阵声嘶力竭的号叫，终于创造了一个高音记录。列那说："太棒了，这次音调更高啦，如果你不吃奶酪也许会更好，那样你的音调一定能高得让人无法想象。你的歌声真是让我沉醉，再多为我唱一曲吧！"田斯令已经被列那捧上了天，飘飘然如履云端，他决心一定要发出一声更加高亢的叫声！

于是，田斯令使出全身力气用力地大喊，并手舞足蹈了起来（表现出乌鸦被列那的夸赞所迷惑，有些得意忘形）。正因为如此，他那抓着奶酪的爪子松开了，奶酪落在了列那脚边。

列那的午餐终于有着落了，但他却故意装作对那块奶酪不予理会，站起来跛着脚拐了几步，做出要离开的样子。他埋怨道："唉，我可真不走运。听你唱歌听得入迷，竟然连爪子受伤的痛苦都忘记了，这个东西也不知是从哪里掉下来的，真是恶臭难闻。你能下来帮帮我吗？如果你拒绝，我会更难受的，现在我的脚受伤了，疼痛难忍，不能自由走动。既然你这么喜欢这种东西，就下来帮我吃掉它吧。"

田斯令根本没打算放弃他的奶酪，听到这话正中下怀，于是毫不犹豫地从树上飞下来。但他并没有完全放松警惕，到达地面后并没有马上向前走。

"怎么回事？"列那温柔地说道，"我都已经受伤了，难道你还害怕我不成？"

"谁说我怕来着？"田斯令上前两步。

列那终于失去了耐心，纵身一跃，向田斯令扑去。

但田斯令和列那距离尚远，他见势不对立马飞了起来。田斯令虽然逃出了列那的魔爪，可还是失去了四根羽毛和偷来的奶酪。

田斯令惊恐地飞回枝头，再也不敢离开半步，他对列那大声喊道："看来我没猜错，你果然不安好心。阴险的红毛狐狸，你可真是虚伪到家了，竟让我损失了四根羽毛。我太傻了，像你这种阴险毒辣的家伙怎么能相信呢？只怪你太会骗人了！"面对田斯令的愤怒，列那只能把自己的行为归结为误会，可田斯令是无论如何也不会再上当了。

"这块奶酪就留给你吧，"田斯令说，"也就只有这块奶酪了，我不可能成为你的午餐。记住，你的眼泪再也骗不了我了。"

列那无所谓地耸着肩膀道："算了吧，这块奶酪已经够我享用了，像这样好吃的东西我还从来没吃过呢。"

田斯令带着愤怒飞走了。

列那虽然感觉少了点荤腥味儿，可还是美美地享用起午餐来，只是心里很遗憾没能让田斯令成为他的盘中餐。

阅读鉴赏

　　文章通过场景描写、设置悬念、动作描写、语言描写等手法，形象传神地为我们展现了一个贪婪成性、诡计多端、谎话连篇的狐狸形象，同时也从侧面抨击了乌鸦的爱慕虚荣。

拓展阅读

山毛榉

　　山毛榉分布比较广泛，亚洲、美洲、欧洲等地区都有分布，属于橡树科落叶阔叶树。山毛榉用途广泛，可以用来制作乐器、文具、板材等。在英国的苏格兰，山毛榉还被当作树篱使用，这种树经过修剪以后，仍有 25 米高，有的高达 30 米，是世界上最高的树篱。

导　读

　　贪吃的列那发现神父家贮存了很多美味佳肴，于是溜进他的家里偷食物吃。这天列那在饱餐之后，恰好看到了瘦骨嶙峋的叶森格伦，他会不会动恻隐之心呢？他是会帮叶森格伦还是会戏弄他呢？

　　列那听说有个神父家里储藏着许多美味佳肴，但是神父却从未邀人与他分享过。有一天，列那发现他可以从一个大猫洞里进入这座房子。从那以后，他便常常通过猫洞偷走神父家里的一些食物，然后转运到安全的地方自己享用。

　　那天，当列那舔着胡须回味自己享用的最后一块肥肉时，叶森格伦出现了。叶森格伦已经饿得瘦骨嶙峋了，以致令列那动了恻隐之心。列那已经吃饱了，但是他也没有什么东西能施舍给叶森格伦，所以他决定给叶森格伦点帮助。<u>然而，他帮人也不忘害人</u>（体现了列那戏弄他人的本性，同时也为下文发生的事情埋好伏笔），在想着怎么帮助叶森格伦的同时又把叶森格伦往神父家那边带。

　　列那边走边把神父家的食物告诉叶森格伦："粗大的腊肠，新鲜的火腿和肥肉，还有大块的五香肉和腌肉，神父储藏室里的食物简直数不清！"

叶森格伦听得口水直流。

"快走啊！"他心急难耐地说，"我的好外甥，你真能肯定神父家有这些东西吗？你也很久没去了吧？"

列那向他保证道："昨天我还在他家的储藏室里大吃了一顿呢！我进去后亲耳听到神父对女仆说让她再放更多的食物到储藏室。因此，今天我们去肯定能找到许多新鲜可口的食物。"

"赶快行动吧！"叶森格伦说。

来到猫洞后，这个狭窄的洞口让叶森格伦有些顾忌，因为他身材高大，不像列那那么灵巧，能否通过还是个未知数。

也许是叶森格伦饿得太厉害，身子也瘦了下来，不然当列那给他把风的时候，他怎么能那么轻易就过去了呢？

叶森格伦太饿了，根本等不及将食物带出储藏室，就大口大口地吃起来（体现了叶森格伦的饥饿难耐）。正当他不知死活地品尝着一根大火腿时，列那突然大喊道："好舅舅，您快出来吧，有人来了。"

听到警报后，叶森格伦立马跃进洞口。但由于他刚才吃得太多了，肚子鼓得比球还高，根本钻不出去，现在那洞对他来说实在是太小了。心急如焚的叶森格伦拼了老命往外挤，几乎被卡得透不过气来，列那也竭尽所能拼命地将他向外拉，可叶森格伦的肚子实在是太鼓了，当他的头和肩膀出来以后，就再也无法移动一点儿了。

这个小洞口，终于让叶森格伦遭到了惩罚。

最后只听列那说道："您愿意试试最后一个办法吗？"

"当然愿意，快点说吧。"

列那想找根绳子把舅舅从洞里拖出来，他觉得这是可行的。

但他真是如此好心吗？当然不是，奸猾的列那一想到叶森格伦因为贪吃被卡在了洞口，就忍俊不禁。他进屋本来是为了寻找绳子的，可来到餐厅时，正好遇见神父正在吃美味的腌鸡。看到腌鸡的列那，早已将他的舅舅叶森格伦的事抛到了九霄云外，绳子的事情就更不用说了。他跳上桌子，身手敏捷地一把抢过腌鸡，然后飞快地跳了下来。

神父大吃一惊，尖叫起来："快抓贼，抓贼啊。我的腌鸡被抢走了。"

仆人们和神父全体出动追赶列那。一个仆人手里还拿着刚烤过腌鸡还冒着烟的铁杆，另一个仆人则手持长矛，神父连手里的刀和叉也忘了放下就追了过去。列那东躲西闪地跑着，目标是储藏室。

对列那翘首以盼的叶森格伦由于钻不出去，只好退了回来。列那跑进来发现洞口没有被堵住，连腌鸡也放弃了，直接通过洞口逃了出去（说明强烈的求生欲望已经在列那头脑中占了上风）。神父尾随其后追了过来，原本是为了追小偷，没想到却歪打正着撞到一只狼。于是，叶森格伦理所当然成了替罪羊，神父毫不留情地揍了叶森格伦一顿。

后来，叶森格伦还是逃了出来。这一次的死里逃生，可以说叶森格伦又创造了一个奇迹。

阅读鉴赏

文章通过语言描写、外貌描写等手法，再一次展示了列那贪吃成性甚至纵身明抢的丑态，同时也刻画出了叶森格伦又一次被列那捉弄的愚蠢。

拓展阅读

腌 肉

腌肉是一种大众化食品。用食盐将肉类食品腌制而成，因此，又叫渍肉、咸肉、盐肉。好的腌制肉，肌肉坚实，表面无黏液，可以长期保存。腌肉中富含磷、钾、钠等成分，脂肪、蛋白质丰富。

列那诱捕小鸟与兔子

导 读

　　到处寻找食物的列那看到了树上飞来飞去的小鸟，心里又冒出了歪主意。于是，他又通过装死来诱骗小鸟，他的奸计能否得逞呢？当他遇到兔子兰姆时，他又有哪些举动呢？

　　这天，列那在散步时，看到两只小鸟在低飞。他认出那是特洛莱和埃尔蒙特夫妇。

　　"这就是我明天的午餐了。"列那想，"明天是个好日子，我连菜单也可以省了。但到底怎么才能捉住他们呢（通过对列那心理活动的描写，表现了他贪吃和残忍的本性）？"

　　列那尾随两只小鸟前进，希望能想出一条妙计。没过多久，他灵机一动，计上心来。只见他故伎重演，突然躺在树荫下的一块草坪上，四肢伸开，吐出舌头开始装死。

　　列那已经不是第一次这样做了，几乎每次都能成功，这次应该也不例外，他坚信着。

　　埃尔蒙特先发现了列那，她对丈夫特洛莱说："看！那不是列那吗？他好像已经死掉了。"

特洛莱比较小心，他不太相信自己所看到的，他说："我看他昨天还生龙活虎的啊！"

"你看他那样子，肯定是猝死。"埃尔蒙特说，"没错，准是。"

特洛莱仍旧不信，提醒道："也许他只不过是在睡觉！"

埃尔蒙特却反驳道："不，睡觉和死是有区别的，我能看出来，相信我，我们还是去看看吧。"

"列那的阴谋诡计可多呢！"

埃尔蒙特冷笑道："哼，想骗我可没那么容易，我偏要去看看，看这家伙到底是怎么死的。"

特洛莱虽然很不情愿，却也没有办法阻止妻子靠近列那，只好硬着头皮跟着。埃尔蒙特倔强地挥动着自己的翅膀，俯冲了下去。

列那紧张地憋住气，那僵直的样子更增加了埃尔蒙特的信心，她壮着胆子慢慢向列那靠近，还把头靠在列那大张的嘴巴旁倾听他的呼吸。

电光火石之间，列那突然坐起，顷刻，可怜的埃尔蒙特就断气了（"电光石火之间""顷刻"写出了列那的速度之快，动作之敏捷）！

特洛莱见状，立马挥动着翅膀冲向空中。他发出了痛苦的悲鸣，在空中盘旋不去，祭奠自己可怜的妻子。列那面不改色地抬起头对特洛莱喊道："可怜的特洛莱，好奇心会害死一只猫，女人致命的弱点就是她们天生的好奇心。但从此以后，她再也不能这样了。你不也对她这缺点颇有微词吗？现在我已经帮她改掉了，请允许我带走她的尸体，我会给她办场盛大的葬礼，那一定会非常适合她的（对列那的语言描写，表现了他诡计得逞后的扬扬自得和强词夺理）。"

列那带着埃尔蒙特的尸体回到家里的厨房，当孩子们生火的时候，烹饪技术一流的海梅林夫人就会忙着准备调味料，很快一顿美味佳肴就摆上了餐桌。

饱餐之后，桌子上只剩些残羹冷炙。兔子兰姆在经过列那家时正好遇上准备出去散步的列那。

列那拦住兰姆说："嗨，我的朋友，这么久不见，你似乎很忙啊。"

兰姆看到列那，吓得面如土色。他紧张得结巴起来："我就是闲着没事随便转转，现在肚子饿扁了，想找点东西吃。"

列那仿佛十分礼貌、热情地说："那太好了，朋友，就来我家吃顿便饭吧。那些新鲜的青菜和水果一定会合您的胃口的。"

此刻，兰姆虽然很饿，但他可不想和列那有什么交情，他现在唯一的愿望就是离列那越远越好。

可是兰姆经不住列那的"盛情"邀请，最后还是跟着列那进了屋子。列那给他搬来椅子，海梅林为他捧来樱桃，兰姆吃得小心翼翼。

列那始终用他阴险的眼睛盯着兰姆。

就在此时，好奇心强烈的贝尔西埃走了过来，他凑近兰姆的桌子，想看看兰姆在吃什么。这个贪吃鬼，看着可爱的红樱桃，便也想尝尝味道。

兰姆吓得瞬间两耳倒竖，就像两把利剑，他扑到贝尔西埃面前，把贝尔西埃吓得惊叫连连。

战争开始了，列那飞快地将兰姆扑倒在地，照着兰姆的鼻子就是一拳，打得兰姆鼻血四溅，差点小命不保。惊慌失措的兰姆拿出最后一点勇气做着困兽之斗，他突然跳得老高，把列那吓得目瞪口呆（通过对狐狸和兔子大战的描写，生动地再现了列那手段之残忍）。

兰姆趁机飞快地逃出屋子，一蹦一跳地逃进了树林，消失不见了。

值得庆幸的是，兰姆终于捡回了一条命。

阅读鉴赏

文章通过心理描写、场景描写、动作描写等写作手法，形象地写出了列那施展阴谋诡计，欺骗小动物，甚至残忍地杀害小动物的卑鄙手段，同时也表现了兰姆的胆小和经不起诱惑的性格特点。当然，他最后拼死挣扎的勇气的确值得褒奖。

拓展阅读

基督教葬礼

西方国家的丧葬礼仪基本上属宗教式的丧葬礼仪。基督教的葬礼一般是为死者祈祷，祝其灵魂早日升入天堂，解脱生前痛苦。基督教认为人死后灵魂需要安静，因此葬礼非常肃穆。葬礼与葬礼弥撒可以同时进行也可以分开，一般由神父或死者亲属议定，包括祈祷词和经文，最后为告别仪式。

列那与公猫梯培

导 读

　　主人为雄狗柯尔特准备了美味可口的香肠。可是，由于时间不到，柯尔特只能闻着味，正巧列那经过这里，于是主动和另一只动物——公猫梯培搭话，他这样做的目的究竟是什么？雄狗的香肠最后进了谁的口中？

　　雄狗柯尔特的主人早上给了他一份美味的午餐——一大根鲜嫩可口的香肠。主人把香肠拿到他的面前让他闻，柯尔特高兴得像鱼一样摇着尾巴，欢呼雀跃，他早就期待主人把这根香肠送给他吃了，但女仆却把香肠放到了一个高高的窗台上。

　　"现在时间还早，"女仆说，"待会儿再吃。"

　　闻得到食物的香味却不能吃到，柯尔特感觉更饿了。可脖子上的绳子限制了他的自由，他只好可怜兮兮地不停唉声叹气，躺下来慢慢等待。列那经过这里，闻到了香肠的香味。"真香啊！" <u>他说着，然后垂涎欲滴地东张西望起来，希望能幸运地找到香味的来源</u>（生动地刻画了列那对香味来源的好奇和对美食的渴望）。当他快要靠近住宅时，遇到了在树下午睡的公猫梯培。

　　"我的朋友，"列那问，"什么东西这么香啊？这味道真是太诱人了！"公猫梯培双目微张，抬起他机警的脑袋，飞快地深吸了一口气。

"嗯，是啊。"他说，"这应该是主人为我准备的午餐。你只要跟着我就能知道答案了。"

接着他便径直朝住宅那边走去，他脚步很轻，没有发出一点声音，列那紧随其后。很快，他们便看到柯尔特在屋里正痛苦地长吁短叹。"啊，美味的香肠，也许你能自己掉下来吧！"

"柯尔特，你怎么了？"梯培亲切地问。

柯尔特连忙向梯培诉苦："女仆只让我闻了闻这根美味的香肠，就放在一个我够不着的地方了。但她清楚地告诉我，那是我的午餐。"柯尔特故意将"我的"说得很重。

梯培垂头丧气地回到列那身边。列那说："梯培，这个柯尔特真是目中无人！他竟然强调这是他的午餐，根本没把你放在眼里（通过语言描写，表现出列那的狡猾）。如果能得到你的帮助，我就有办法弄到这根香肠，然后拿到草坪上咱俩好好地享用。"

梯培一听，觉得这个主意甚好，两人便谋划起来了。

两人最后约定：由梯培潜入住宅，跳到窗台上把香肠扔给列那，然后列那把香肠叼到远一点的地方等着他。

计划相当顺利。

雄狗柯尔特眼睁睁地看着自己的午餐被人抢走，疯狂地大叫起来。

梯培看到列那飞快地逃走了，才知道自己被骗，就对柯尔特说："我去帮你把香肠夺回来。"说完赶紧抄小道追了上去。

要知道，列那虽然奸猾无比，但梯培也不是省油的灯。列那满以为自己胜券在握，可以独享美食，却忽然瞥见公猫正悄无声息地跟着他。他心中一惊，却佯装镇静，心里打起了自己的小算盘。梯培也在算计着什么。

"想上哪儿啊？"梯培问，"咱们还要分香肠呢！"

"你这样不停地跑，咱们谁也别想吃了。"梯培愤怒地继续说道，"香肠拖在地上已经被你弄脏了，还沾上了你的口水，真够恶心的！要不，我做给你看，让你知道拿香肠的正确方法。"

列那不怎么喜欢这个建议，因为他喜欢以己度人，总是怀疑别人会要他。

不过他看着梯培又暗自寻思：带着这么大一根香肠是溜不掉的。

于是，他接受了这个提议。

公猫优雅地叼着香肠的一端，然后灵巧地把另一端甩到背上，使之不会拖到地上。

"就是这样。"梯培说，"等我走累了，待会儿你也这样拿。你看，我不用嘴巴叼着它，就不会沾上口水，这样多干净啊。"

"那么现在，我们到那个小山丘上去，一边欣赏四周的风景，一边享用这美味吧。"

梯培不等列那回答，就飞奔起来。列那好不容易才赶上他。当他到达时，梯培早已在小山丘的一个大十字架上恭候多时了。

"你爬到上面干吗？"列那气愤地说道，"还不快给我下来，我们还没分香肠呢！"

"下来干吗？"梯培说，"你上来吧，还是上面比较好。"

"你明知道我上不去！"列那怒气冲天地叫道，"怎么能说话不算话？这根香肠可是圣餐啊，快分一半给我（通过语言描写，表现出列那因被梯培戏弄而逐渐愤怒的心情）！"

"你喝圣酒了吗？"梯培温和而严肃地说，"既然这香肠是圣餐，就更应该在十字架上吃了，不然会受到惩罚的。"

"我只要我的那份，"列那大叫，"快把我的那份扔下来。"

"你太粗鲁了！"梯培轻蔑地说，"我简直不相信你竟然要我把圣餐乱扔。像这样的美味怎么能分开来享受呢？实在是暴殄天物！所以列那，如果咱们下次再找到一根这样的香肠，我保证碰都不碰，全都给你。"

"梯培，梯培，"列那破口大骂，"你要是连一口都不给我尝尝，就太可恶了。"

"列那，列那，"梯培学着他的口吻说，"像我这么好的伙伴你上哪儿找啊？下次我会把既没有沾口水也没有沾过灰尘的新鲜香肠全都给你的。而这次的这件处理品我只好自己留着了。我这样为你着想你却不领情，真没良心！"说完，他不等列那回答，就大口大口地啃起香肠来了。列那见状又急又气，眼泪都快流出来了。

"你在忏悔自己的罪孽吗？"梯培佯作天真地问，"真高兴能看到你这样，上帝会原谅你的，因为你已经认识到自己的罪恶了。"

"梯培，你先不要得意，"列那说，"等你口渴时还是要下来的。"

"为了水而下来？"梯培做出一副惊讶的样子，"我从没听说过那样的事！你看，我身边就是一个积满了新鲜雨水的小潭，可见上帝对我有多么眷顾了。"

"你难道可以在上面待一辈子吗？我等着你。"

"那么你打算等多久呢，亲爱的列那？"

"再久我也能等。我发誓要在这里等上七年。"

"七年？啊，太令我伤心了！"梯培笑着说，"一想到你七年都不能吃饭，我就为你感到难过。但你好像已经发过誓了，可千万别离开这儿了。"

列那气急败坏地盯着梯培，后者却悠闲自在地吃起香肠来。

<u>忽然，列那竖起耳朵紧张地倾听着</u>（体现出列那的机警，也表现出它胆小的性格特征）。

"梯培，那是什么声音？"他问。

"不就是一阵动听的乐曲吗？"梯培回答道，"应该是游行队伍在唱歌。真好听！"

只有列那心里清楚，那根本不是歌声，而是猎狗的叫声。他又准备开溜了。

"喂，你准备上哪儿去？"梯培喊道，"你想去干什么？"

"我要走了！"列那头也不回地说道。

"你不是才发誓要在这里守上七年的吗？怎么这么快就忘了？列那，

你可要在这里守上七年啊！怎么能现在就走？"然而，列那早已仓皇逃走了。

阅读鉴赏

文章通过语言描写、动作描写、神态描写等手法，刻画了列那的狡猾和贪婪，同时也表现了公猫的贪食和聪明机智以及雄狗的可怜和无助。三个动物同时登上舞台，为故事增添了曲折性和可读性。

拓展阅读

香 肠

香肠是一种利用非常古老的食物生产和肉食保存技术，将肉绞碎后灌入肠衣而制成的圆柱状食品。我国的香肠制作技术可追溯到南北朝之前，北魏《齐民要术》中称之为"灌肠法"。

梯培断尾

导　读

　　升天节这天，公猫梯培和狐狸列那又相遇了，这次公猫梯培带来了好消息，他好像知道藏有美味奶酪和生鲜家禽的地方。于是，他带领列那一同光顾。那么，他们这一次的合作是否会愉快呢？

　　升天节那天，列那出门散步，走在路上，呼吸着新鲜空气，觉得生活无比美好。突然，他看见公猫梯培向他迎面走来。

　　他俩自从香肠事件以后，一直没有见过面。事情已经过去很久了，列那似乎已经忘记了这件事。

　　"你好，美丽仁慈的朋友！"他亲热地向梯培打起了招呼，"你这是准备上哪儿去啊？"

　　"我准备到附近一个农家去。"梯培回答道，"听说他家的面包箱里有一大罐奶油，我想去尝尝。这当然十分危险，但我还是想碰碰运气。他家的鸡棚里还有不少好货，你有兴趣和我一起光顾吗？"

　　"非常乐意。"列那说。

　　提到食物他就特别兴奋。

　　一阵小跑后，他们来到一幢房子前。遗憾的是，房子被高高的木栅栏围起来了，而且栅栏的密度实在不是他们的身躯能够钻过去的。

"噢，上帝啊！"列那万分沮丧，"这该怎么办？我们没法进去啊！"

"先看看情况，"梯培说，"别泄气，我们绕个圈子瞧瞧再说。"

他们运气不错，发现栅栏有一处破损，于是顺利地钻了进去。

列那一进去就直奔鸡棚，梯培却拦住了他。

"你想干吗？"他说，"我们要先把奶油罐弄到手，母鸡受惊后肯定会大叫的，所以只能最后再去（梯培的语言表现了他的机智和狡猾）。"

列那本想先去偷鸡的，但听梯培这样说，只好改变了主意。

梯培小心翼翼地靠近屋子，确定里面没人后，才悄悄溜了进去。

"这个，"梯培指着一个箱子说，"就是放奶油罐的面包箱，列那，你可得帮我，我们合力撬开箱子。你先撑着让我吃，然后再轮到你。"

列那答应了，他还想着那些就快要到口的生鲜家禽，所以想快点完成这项任务。这罐奶油脂肪很多，味香色美，梯培半眯着眼睛，吃得津津有味，那样子吊足了列那的胃口，他想着赶快结束行动，可是梯培却仿佛要在这儿待上一天似的（通过对梯培神态的描写，刻画出公猫遇到美食而流露出的贪婪本性）。

"行了，行了，梯培，"列那说，"快点，这个箱盖重得很，我恐怕撑不住了。"

梯培把鼻子埋在奶油里，根本顾不上回答他。

"噢，吃完了就快出来呀！"列那抱怨起来，"现在该轮到我了，梯培！梯培，我撑不住盖子了。"

"你再坚持一会儿。"梯培说。他似乎故意想让列那多等一会儿。

"不能再等了，一秒钟也不行了，快出来呀！"列那喊起来。

梯培对列那的催促感到厌烦。他已经吃饱了，但他不想让列那吃到，于是故意挥挥爪子砰的一声顶翻了奶油罐（体现了公猫的自私自利）。

"噢！"列那心疼地惊叫起来，"馋猫！蠢猫！笨猫！傻猫！现在你让我怎么吃呢？我早就该把盖子放下来把你关在里面的！"

梯培生怕被关住，迅速跳出了箱子，但他还是比列那慢了一步，尾巴被箱盖硬生生斩成了两段。

梯培疼得在地上打滚，不住地惨叫。"浑蛋！"他大喊，"你把我的尾巴弄成什么样了？哦，我美丽的尾巴就这样被你毁了。我的命可真苦啊！"

"这能怪我吗？"列那脸不红心不跳地说，"如果不是你跳得太用力，根本不会有这样的结果。"

"啊，我的可怜的美丽的尾巴啊！"梯培痛苦地呻吟着，"心疼死我了！我现在的样子太难看了……"

"什么呀，"列那说，"这样才好呢，现在你看起来更年轻，更精神了。看到现在的你，我都想叫人割掉尾巴呢。难道你不觉得自己现在身轻如燕了吗？"

"你敢取笑我？"梯培呵斥道。

"哪里，怎么可能呢？我说的都是实话，不信你可以跑跑看，以后谁还能追得上你？"

"我原本就身体轻盈，已经跑得够快了。"梯培说，"你这家伙真是面目可憎。"

"别这么说。"列那说，"走吧，梯培，你也该哭够了。现在我们该去鸡棚了，刚才的事我们一笔勾销吧！"

于是，他们向鸡棚的方向缓缓走去。

"你应该先捉那只公鸡，"梯培说，"因为那只公鸡比那些围着他打转的老母鸡更加鲜嫩可口，而且他的叫声应该最大，所以先解决他准没错。"

"你说得很有道理。"列那同意他的看法。但梯培的说话声太大了，吵醒了那只正在睡觉的公鸡。

公鸡"喔喔"地大叫了一阵，所有的人和动物都被吵醒了。男仆、女仆、一群看门狗蜂拥而上。"赶紧撤！"梯培当机立断。

他飞奔起来，希望能以最快的速度逃到家里给自己包扎伤口。

似乎只要和公猫梯培扯上关系，列那就注定要倒霉。

阅读鉴赏

　　文章通过语言描写、神态描写和动作描写等写作手法，为我们展现了一个贪吃、自私自利、心怀诡计的馋猫形象，同时也描绘出列那被公猫戏弄的情景，和他在一起，狡猾的列那都变得有些逊色了。

拓展阅读

奶　油

　　奶油是从牛奶、羊奶中提取的黄色或白色半固体食品，脂肪含量比黄油低，是人们制作糕点和糖果的原料。

列那计骗特路恩

导 读

　　麻雀特路恩在树上高兴地享用着香甜的樱桃，列那经过时假装亲切地向她打招呼，然而特路恩却真诚地送给他樱桃并把自己孩子痉挛的事情告诉了他。特路恩能得到列那的帮助吗？

　　樱桃成熟的季节，麻雀特路恩在一棵结满果子的大樱桃树上开心地享用着午餐。

　　列那在回家的路上途经樱桃树，他看见特路恩后，同她打着招呼："你好，特路恩，今年的樱桃味道怎么样？"

　　特路恩回答道："实在太棒了，我还从没吃过这样好吃的樱桃呢！这果子长得又大又红，你也想尝尝吗？"

　　列那客气地说道："你先填饱自己的肚子吧！"

　　"我早就饱了，"特路恩说，"这样美味的樱桃，我怎么能独自享用呢？这里还有几颗，你尝尝吧！"

　　特路恩真心诚意地邀请列那品尝樱桃，她扔了好几把樱桃给列那。列那一颗一颗慢慢地吃着，直到再也吃不下去时才对特路恩说："特路恩，谢谢你今天的盛情款待，我也是第一次吃到这样好吃的樱桃。"

"你喜欢就好。"特路恩温和地回答道。

"如果哪天你遇到了困难,一定要告诉我,我一定会帮助你的。"列那说道。

"哎,"特路恩说,"像你这样地位崇高的人,怎么可能注意我们这种不起眼的小人物呢?如果你刚才是认真的,我很想问你一个问题。"

"有什么问题尽管问。"

"是有关我孩子的,"特路恩叹了口气道,"我那两个可爱的宝贝患了严重的痉挛症,你知道有什么方法可以治好这种疾病吗?"

列那说:"原来是这样啊,很简单,我曾经周游东方列国,那里大苏丹的孩子也曾得过这种病,是我帮着医好的。这忙我帮定了,让我为你的孩子看看吧。"

听到列那说自己的小宝宝还有救,特路恩喜出望外:"尊敬的大人,我的感激无法用言语表达,现在我就去把孩子抱过来给您看看。"

单纯的特路恩飞进鸟巢,先把大儿子抱出来扔给了列那,接着是二儿子。可当她把孩子全抛给列那后,突然惊讶地发现——两个孩子全都不见了。

她万分焦急地问道:"敬爱的大人,我的孩子呢?"

阴险的列那冷笑道:"全都被我治好了。放心吧,从现在起,他们再也不用忍受任何痛苦了(既体现了列那的阴险,又体现出他的狡猾)。"

特路恩直到这时才恍然大悟,她悔恨地说:"你这个阴险小人,竟然吃了我的孩子!"说完便开始抽泣起来。

列那说:"上帝啊,你怎么能这样冤枉我?我治好了他们的痉挛症,所以他们飞走了啊。"

"你这个专门说谎的大骗子!他们连翅膀都还没长好,怎么飞得起来?我要挖掉你的眼睛,你这歹毒的家伙!"

"好,我等你!亲爱的特路恩,你怎么还不下来?我会送你去见你的孩子们的。感谢我吧!"

"去哪里见他们？"

列那拍了拍自己圆滚滚的肚皮道："他们都在这里安家了，你再也不用为他们的痉挛症而发愁了！怎么，难道你不高兴吗？你遇到困难只要跟我说一声，我会帮助你治好所有病痛的。"说完他就大摇大摆地离开了。

特路恩痛苦地扯着自己身上的羽毛号啕大哭，看起来是那样的可怜。"我可怜的孩子，是我的愚蠢害死了你们。我太傻了，我发誓一定会为你们报仇的。"

特路恩强忍着泪水，打起精神向朋友寻求帮助。特路恩在那些朋友困难的时候帮助过他们，因此他们对特路恩的遭遇万分同情，纷纷决定帮她报仇。<u>但当他们一听到她报复的对象是阴险狡诈的列那时，全都成了缩头乌龟</u>（朋友们的反应表现出他们对列那的恐惧，侧面体现出列那的阴险和凶狠）。那些朋友不是推说自己身体不舒服，就是说有要事缠身，再不就是要立刻出门。只有一个人对特路恩说了实话："找列那报仇简直是天方夜谭，还是放弃吧，回家为枉死的孩子哭哭也就算了。"这让特路恩更加伤心。

阅读鉴赏

文章通过正面描写和对列那动作、神态的刻画等手法，展现了一个利用花言巧语欺骗小动物，用残忍的手段吞噬小动物的狐狸形象，同时也从侧面衬托了麻雀特路恩真诚善良的品质。

拓展阅读

痉挛症

痉挛是指肌肉突然不自主地强烈收缩的现象，会造成肌肉僵硬，身体疼痛难忍。肌肉痉挛的真正原因目前尚未确定。平日的饮食习惯、运动量、天气状况、摔跤、骑自行车或击剑等都容易引起痉挛。

警犬惩戒列那

导 读

自从孩子被列那吃了之后，特路恩一直想着报仇雪恨，正当她绝望之时，在庄园旁听到了警犬毛尔荷的微弱声音。毛尔荷和特路恩说了什么？他能够帮助特路恩教训列那吗？

特路恩绝望地飞在回家的路上，经过一个被栅栏围绕着的庄园时，突然听到一个悲惨的声音正喊着她的名字，那声音是如此微弱，细如蚊蝇（为下文警犬请求特路恩为自己找食物做了铺垫）。

"特路恩，是你吗，你能过来看看我吗？"

特路恩循声走了过去，她马上认出那是她的朋友毛尔荷——一只有名的警犬。毛尔荷年轻时，非常英勇，曾立下不少汗马功劳（指辛辛苦苦立下了很多的功劳）。

毛尔荷看起来病得不轻，他骨瘦如柴，好像连动一下都十分艰难。

特路恩惊讶地问道："亲爱的朋友，你到底怎么了？你好像全身无力重病缠身啊。"

毛尔荷回答道："我已经饿了好几天了。主人嫌我年老体弱没多大用处，不愿意再养我了。但事实上，只要我每天能吃饱，还能做很多事。

可是我现在饿得一点力气都没有了。特路恩，我也听说了你的遭遇，你能帮我吗？"

特路恩把自己向列那复仇的想法毫无保留地告诉了毛尔荷。

"哦，我的朋友，"毛尔荷说道，"只要你让我饱餐一顿，我就能为你报仇雪恨。我会让列那为他的所作所为付出惨痛的代价。"

特路恩回答说："毛尔荷，你跟我走到大路上，我想要不了多久，你就能得到一顿丰盛的午餐用来恢复体力。"

"我可怜的小特路恩，你能肯定吗？你要怎么做呢？"

"来吧，其他的事不用你操心，用不了多久你就会明白的。"

毛尔荷使出吃奶的劲儿，拖着虚弱的身体走到大路边，听从特路恩的吩咐藏在灌木丛里。

特路恩对毛尔荷说："你看，有辆车过来了，我认识那个车夫，看样子他刚从市场回来，车上装的肯定是他刚买回来的肉。你打起精神，做好准备，当车子从你面前经过时赶紧跳上去，弄点食物好好地饱餐一顿。"

"真的？实在是太好了！"毛尔荷说。想到马上就有东西可吃了，他难掩兴奋之情。

车很快就过来了。特路恩振翅飞起，在车前飞得忽高忽低。车夫看到了，以为是只受伤的小鸟，便跳下车，想把小鸟捉回家送给孩子。看见车夫伸手，特路恩就向前飞出几尺，并故意装出吃力的样子，好让车夫认为他很快就能捉到自己。

游戏开始了。车夫一直认为自己可以抓住特路恩，但每次都扑了个空。特路恩把车夫引到一个比较远的地方后，竟然挑衅地飞到了车夫的鼻子底下。她的这一举动让车夫惊讶不已，火冒三丈。

另一边，毛尔荷趁机跃上车，把一大块火腿和几根香肠拖到了灌木丛中。

车夫被特路恩戏弄了半天，最后只得无功而返。他气冲冲地回到车上继续赶路，完全没发现自己的火腿和香肠已经不见了！

特路恩在灌木丛中找到了毛尔荷。

她高兴地问："朋友，还合你的口味吗？"

"谢谢你，特路恩。我现在有力气了。我保证，要不了两天我就能恢复体力。到时候你只要把列那引过来就行了。我绝不会放过列那的。"

列那没想到自己的厄运就在两天后。这天，他正舒舒服服地在家里睡午觉，特路恩透过锁孔看到了他，便对他喊道："列那，列那，我现在痛苦极了。我太想念孩子们了，我想去见他们，你就行行好吃了我吧，列那！"

最后那句话把列那惊醒了。刚开始他还不太敢相信，但后来他还是决定出去一探究竟。

特路恩故伎重演，在列那眼前时上时下、时左时右地飞着，每次列那想要扑上去，她就飞到一边，让列那扑个空。

列那说："小特路恩，你逃什么啊？我现在不过是在逗你，不会真的吃掉你的，我是太想你了才出来看你的。"

特路恩早就不信列那的那一套鬼话了，她继续按照自己的方式前进，终于把列那引到了毛尔荷藏身的地方。

特路恩说道："好了，就是这里，我就算死也要在这儿等你。"

<u>螳螂捕蝉，黄雀在后</u>（比喻目光短浅，只想到算计别人，没想到别人也在算计他）。就在列那对特路恩作势欲扑的时候，毛尔荷猛地向列那扑了过去，紧紧地咬住列那的皮毛，直到确定列那必死无疑了才放手。列那此前还从没受到过如此严厉的惩罚，这是第一次。毛尔荷对特路恩说："<u>除非死神放过他，否则他应该再也醒不过来了。你的仇人已经受到了应有的惩罚，你可以安心了</u>（通过毛尔荷的话暗示了列那的情况非常糟糕）。"

阅读鉴赏

文章通过神态描写、语言描写等手法，描述了特路恩和警犬合作惩罚列那的情景，从侧面表现了列那的心狠手辣、残害弱小生命的无耻行为。文中还生动地表现了特路恩失去孩子的极度悲伤以及对列那的痛恨之情，也体现了警犬的见义勇为、拔刀相助的正义精神。

拓展阅读

灌　木

　　灌木是指那些没有明显的主干，呈丛生状态的树木，一般可分为观花、观果、观枝干等几类，是矮小而丛生的木本植物。常见的灌木有玫瑰、杜鹃、牡丹、黄杨、沙地柏、铺地柏、连翘、迎春、月季、茉莉、沙柳等。

列那计捕鹭鸶

导 读

　　自从列那被警犬咬了之后，大家都认为他死了。但是他并没有丧命，在床上休息了很长一段时间之后，列那终于耐不住寂寞，想出门碰碰运气，结果遇到了在河边捕鱼的鹭鸶。大病初愈的他又会耍什么花样呢？

　　自从被警犬毛尔荷偷袭之后，列那有很长一段时间都卧病在床，但并没有像毛尔荷所说的那样死去，他重新活了过来。休息了一段时间，列那终于得到医生的允许，可以外出透透气了（为接下来发生的事情做了铺垫）。

　　这天是列那死里逃生后第一次出门。但因为身体还没有痊愈，他始终有些无精打采。列那走着走着，想到自己落到今天这步田地，心里多少有些伤感。他想："如果现在有人偷袭我，我连逃跑的力气都没有了。"

　　他沿河而行，突然看到鹭鸶秉沙在不远处捕鱼，顿时精神一振，激动不已。

　　"多么鲜美的食物啊！"列那打着秉沙的主意。

　　他终于知道自己这段时间为什么老是感到虚弱、忧愁和苦闷了，因为这些日子他总是吃素，并且和药物为伍，虽然都是些对他的身体有好处的东西，却也让他食欲不振。只要有了肉，他就会不药而愈，鹭鸶秉沙在这时候出现，简直像是上帝特意安排给他的一顿丰盛的大餐。

既然如此，就不该浪费上帝的好意，得想个办法才好。列那心里盘算着。

鹭鸶十分机警，如果发现危险，一定会立刻飞走。虽然最近几个月列那每天都待在家里，但他对怎么玩弄阴谋诡计丝毫也没有生疏（通过写列那并没有对玩弄阴谋生疏，表现出列那经常戏弄他人）。

他采了些水中的芦苇，然后在上面盖上青苔，任由它们顺流而下。

当它们漂到鹭鸶身边时，鹭鸶谨慎地碰了碰，发现它们只不过是芦苇和青苔后，便满不在乎地用嘴推开了，然后继续觅食。

不久，鹭鸶面前又漂来第二堆芦苇和青苔，他依旧小心警惕地碰了一下，但发现这些和刚才漂来的是同一种东西后，他就放松警惕了。又过了一会儿，第三堆芦苇和青苔漂来了，这次他一点也没警惕，因为他认为这一堆东西和刚才那两堆东西没什么两样。但是鹭鸶这次上当了。因为列那正躲在这堆芦苇里，并用青苔遮住了身体。

鹭鸶没有理会这堆芦苇，甚至看都没看一眼。

列那抓住机会，突然一跃而起，咬断了秉沙的脖子。

阅读鉴赏

文章通过神态描写、动作描写和语言描写等写作手法，为我们再一次勾勒出列那施展诡计诱捕鹭鸶的画面，也从侧面反衬出了鹭鸶的单纯，不能时刻保持警惕，最终落得悲惨的下场。

拓展阅读

芦 苇

芦苇是多年水生或湿生的高大禾草，生长在灌溉沟渠旁、河堤沼泽地等地方，世界各地均有生长。芦苇植株高大，地下有发达的匍匐根状茎。

列那教野兔唱歌

导 读

　　胆小如鼠的野兔科阿尔遇到任何动物内心都充满了惊惧，这次遇到列那更是转身就跑，列那好不容易才让科阿尔停了下来，之后他对科阿尔说了什么？他又是怎么做的呢？

　　列那一个人散步，偶然遇到了野兔科阿尔。见到列那，科阿尔转身就跑。列那费了好大的劲，才让他停下来。

　　科阿尔胆小如鼠，对任何动物都充满恐惧。

　　列那对瑟瑟发抖的科阿尔说道："嗨，老朋友，难道你想永远都这样吗？以你这种年纪，应该身居高位的。你有那么多好朋友都在宫廷当差，为什么不让他们帮帮你，推荐你做大王的大祭司呢（反问句的运用，写出了列那故意让科阿尔放松警惕的狡猾行为）？"

　　科阿尔支支吾吾地说："不是……他们不帮……帮我，实在是因为我……我根本不会唱歌，想要成为高贵的祭……祭司，这是必要条件啊。"

　　"你为什么不学呢？"

　　"我不敢。"科阿尔一直发抖。

　　"哦，朋友，这有什么不敢的，"列那说，"我来教你，不要报酬。

这点小事你别放在心上，这没什么大不了的，就让我来帮你吧。"

列那又假装诚恳地说道："但是，朋友，你离我这么远干吗？我难道还会吃了你不成？来，我们先来学习《信经》，所有的大祭司都会这个。"

科阿尔心惊胆战地向前几步，却不敢和列那靠得太近（形象地刻画出科阿尔面对列那的诱惑时恐惧、惊骇的心理）。

列那唱歌的声音实在太难听了，但他却丝毫不以为意，只见他张大嘴巴，放开嗓门，尽情地嘶喊着。

"该你了，照我教的来一次吧，我给你正音。"列那说。

可怜的科阿尔对列那万分感激，他鼓足勇气张开嘴巴却发不出一点声音，或许是被列那吓破了胆吧。

列那说："你站那么远我怎么听得清？没法帮你正音啊，靠近些我才能帮你嘛。"

科阿尔畏惧地向前跨了两步，但很快又向后退了三步。列那早已失去了耐心，他猛地扑过去，在科阿尔还没搞清楚是怎么回事的时候，一脚把他按在地上了（该场景既表现了列那动作的敏捷，也写出了他的生性残忍）。可怜的科阿尔拼命呼救，惊动了路过的海狸邦赛，他循声而来，想一探究竟。要不是他及时赶到，科阿尔早已魂归西天了。因为邦赛的到来，列那不得不松开到手的猎物。捡回小命的科阿尔彻底放弃了学唱歌当大祭司的念头，头也不回地跑了。

被人坏了好事的列那非常生气，准备和海狸邦赛当面算账。他们你来我往，用力撕咬，最后以平局收场。

阅读鉴赏

文章通过运用反问句式、精炼词汇、语言描写、场景描写等手法，把列那的奸诈、狡猾、残忍、欺凌弱小以及科阿尔的弱小、胆小如鼠的性格刻画得栩栩如生，增强了文章的可读性。

拓展阅读

海　狸

　　海狸是一种水陆两栖的哺乳动物。头短而钝,眼睛和耳朵很小,颈短,门齿异常锋利,咬肌特别发达,前肢短而宽,后肢粗大。栖息在寒温带针叶林或者针阔叶混合林边缘的河边,穴居。

叶森格伦复仇

导　读

摆脱了与海狸邦赛的争斗之后，列那来到了叶森格伦的家里，善良的舅妈海逊德夫人盛情款待了他。但是两个表弟对他十分不满，等到叶森格伦回家之后，就把所有的事情告诉了父亲。接下来，叶森格伦是怎样做的呢？

列那与邦赛的战斗到了生死存亡的最后关头，列那见自己赢不了邦赛，而邦赛也不能拿他怎么样，便故意让邦赛将自己摔倒在地（概括了战斗的惨烈，体现了列那的狡猾）。

邦赛摔倒列那后，果然放弃了敌人，追赶野兔科阿尔去了。列那一直等到邦赛走远，才仔细查看四周，确定没有危险后，便小心翼翼地爬起来，去找鼹鼠古尔特夫人包扎伤口。

列那喝了一小杯古尔特夫人自制的药酒就恢复了体力，接着离开古尔特夫人家，继续他的行程。

当他经过叶森格伦家门口时，想起叶森格伦的妻子——海逊德夫人，便想去看看她。

叶森格伦外出觅食去了，孩子们也在外面玩耍，家里只有海逊德夫人一个人。

海逊德夫人说："我的好外甥，你生病了吗？脸色怎么这样差？"

"唉，亲爱的舅妈，"列那叹着气说，"前段时间，我被一条大狼狗弄得差点没命，就成了现在这个样子。"

海逊德夫人同情地说："噢，我可怜的外甥，快过来，坐下来休息一会儿吧！我去找一只鸽子来给你，那本来是准备给叶森格伦吃的，但他肯定还会带回其他食物的，所以我就先做给你吃吧。"

列那虽然对鸽子不太感兴趣，但他又怎么会拒绝这样热情的招待呢？

海逊德夫人十分喜爱这位外甥，相反，海逊德夫人的两个孩子却非常讨厌他。他们看到列那，就躲起来了，他们很想看看这个老是戏弄他们的"好表兄"在耍什么阴谋。看到海逊德夫人端着香甜可口的鸽子出来后，两个孩子怒火中烧。他们垂涎这只鸽子已经很久了，只要能尝上一小块，他们就满足了。

两个孩子把自己的不满以及鸽子的事情告诉了随后回家的叶森格伦。叶森格伦虽然是一肚子的不满，却还是忍着没有表现出来，反而对列那的到来表现出十足的热情，可实际上他心里另有打算（叶森格伦的忍耐为下文他和列那合作做了铺垫）。他和颜悦色地说道："你戏耍鱼贩们的事我听说了，真不愧是我的外甥，那个计划太高明了。你不仅耍了他们，还把许多食物带回了家。"

列那说："你弟弟普里摩也效仿过我的做法，但可惜得很，他没有成功。唉，只怪他遇到的正好是我要弄过的那两个鱼贩。同样的计谋，鱼贩们不会傻得上第二次当，他们还狠狠地打了普里摩一顿。我从没让他这样做，可他竟然迁怒于我，我是第一个想到这个办法并且付诸行动的人，所以我成功了，但也冒了很大的风险，这方法用第二次就不灵了！"

叶森格伦说："你说得对，我承认你是个喜欢创新的天才，所以找出一个新点子对你来说没有一点问题。鲜鱼已经上市了，你有没有发现，现在每天都会有许多装满鲜鱼的车子经过，为了大家，我们再合作一次吧，多弄些新鲜的大鱼，让我们的餐桌丰盛起来。"

"这个主意不错，"列那听到叶森格伦的提议后十分动心，高兴地说，"咱们明天就去守候鱼车，至于怎么把鱼弄到手，到时候我自有办法。"

　　两人约好时间后列那就回家了。想着第二天的计划，他兴奋了一整夜。第二天，他怀着愉快的心情与叶森格伦在路上等着。可日上三竿，仍不见有鱼车驶来。

　　两个家伙白忙活一场，感到有些疲倦。他们刚想去别的地方试试，却看到一匹马拖着沉重的车突然出现了。车夫在座位上打瞌睡，而那匹识途老马则无精打采地拖着车子，顺着大道慢慢行进（对车夫和老马的状态描写，表现了车夫的松懈，为列那和叶森格伦的行动做了铺垫）。

　　列那说："嗨，机会来了。趁那车夫还在睡觉，我们悄悄溜上车去饱餐一顿。但我们得谨慎点，动作要快。"

　　叶森格伦说："我觉得你单独上车会比较好，因为我比较重，上车一定会有动静，如果车夫被惊醒，我们就前功尽弃了。"

　　列那觉得他说得有道理，而且他还打起了自己的小算盘：如果车夫突然被惊醒，那么地上的人肯定先被发现。叶森格伦提出这种建议，自己没有理由不答应啊。

　　当车子从他们面前经过时，两人偷偷跟在车子后面尾随了一段路程。然后，列那轻轻一跃，跳到了车上的鱼筐里。他飞快地打开一个鱼筐，为了抢时间，他没有先尝尝这些鲜鱼，只是迅速地从鱼筐里拿出一部分鱼扔在了路上。

　　叶森格伦把鱼搬到了小树丛后，就在那里等着列那回来。但列那的行动才开始不久，车夫就醒了。他醒来后所做的第一件事就是用力抽起马鞭，把马赶得狂奔起来，列那被带走了。

　　列那生怕被车夫发现，所以一动不动地蹲在车里，不久他瞅到一个机会，赶紧跳下马车，奋力往回跑。这让车夫吓了一大跳。

　　列那首先来到他和叶森格伦约好的地方，却不见叶森格伦的踪影，然后他又来到他们事先约好分鱼的小树林，可还是没有找到叶森格伦。

最后，他终于在另外一个小树林后面找到了叶森格伦。列那气急败坏地指责叶森格伦不该扔下他独自逃跑。

"我没有啊，"叶森格伦仿佛十分委屈，"我不是在这里等你吗？好外甥，可能是因为太阳太大了，照得我头昏，才让我搞错了地点吧。"

"我的鱼呢？"列那气愤地说。

"什么鱼啊？"叶森格伦故意装傻。

"就是我的那份鱼啊！"

"哦！"叶森格伦说，"我还以为是什么呢，不就在那儿吗？"他指着一堆鱼骨头说道。列那盯着鱼骨头，气得说不出话来。

"好伙计，要知道，你没扔多少东西下来啊。我知道你很害怕，如果偷太多，车夫一定会有所察觉的。"

停顿了一会儿，叶森格伦接着说："我觉得这种分配很合理，希望下一次我们还有机会合作。再见了朋友，好好享用早餐吧。"

列那气得直发抖。他没料到，聪明的自己竟然也会有被叶森格伦这种傻瓜耍弄的一天。这到底是个什么样的世界啊！<u>他下定决心要让叶森格伦知道他的厉害</u>（为下文列那报复叶森格伦埋下伏笔）。

阅读鉴赏

文中通过神态描写、动作描写、心理描写、设置悬念等手法，生动描绘出列那和叶森格伦合作偷鱼的画面，一向爱捉弄人的列那这次却被叶森格伦戏弄了一番，形象地表达了叶森格伦对列那的痛恨和埋怨之情。

拓展阅读

鼹　鼠

鼹鼠是一种哺乳动物。它们身体矮胖，长十余厘米，毛黑褐色，嘴尖，善掘土，拉丁文学名就是"掘土"的意思。它们的身体完全适应地下的生活方式：爪子有力，像两只铲子，骨架矮而扁，跟掘土机很相似。

叶森格伦再次上当

导　读

列那已经为觅食而战斗了很多天，他饥肠辘辘，精神沮丧，身体虚弱。这天他为了食物来到了修道院门前，想方设法进入修道院之后，他又有怎样离奇的经历呢？

　　最近因为天气不好，大家又时时刻刻小心提防着列那，所以他一直都没什么机会猎食（此句表明了列那觅食的艰难，为下文列那外出觅食做了铺垫）。要不是蜗牛塔迪夫时刻提防着他，列那可能早就将他变成自己的美食了。蜗牛虽然动作迟钝，但防备甚严，所以列那虽然饥肠辘辘，却一直都没能吃到他。为了生存，列那整天都在不停地战斗，但是现在他非常沮丧，他感觉生活实在是太辛苦了。他完全丧失了斗志，皮毛没有了原来的光彩，瘦得都能看到根根肋骨了。看到妻子和两个孩子挨饿受冻，他深感内疚。

　　迫于形势，列那每天都外出觅食。这天，他远远地看到森林外有一座被白色围墙围起来的修道院。

　　列那精神一振，心想：有修道院的地方根本不愁食物，在那儿的储藏室里总是能找到各式各样的美食，比如装着大块肥肉的腌肉缸和成群结队的鸡鸭。修道院从不缺少这些东西（列那对食物的推断表现了他的聪明）。

想到这里列那就难掩兴奋，自言自语道："只要能混进去，就不用挨饿了。"但列那的顾虑是，修道院外面有道深深的水沟，没有人敢冒险。

列那长吁短叹地绕着房子寻找办法。绕了一圈后，他发现了一扇门。列那靠近紧闭的大门，暗想：门后一定有不少好东西。这时，他发现门的底部有个猫洞，叶森格伦就差点让这种猫洞害死。列那想：我应该再好好利用它一次。他撬开洞门钻了进去，感到既兴奋又紧张。如果让修士发现，他一定会受到非常严厉的惩罚。

此时，列那的猎物就近在咫尺。他看见一个竹笼里有两只母鸡。她们正在打瞌睡。列那觉得自己可以一下子把她们全都吞下肚。他饿了这么久，这两只母鸡正好可以祭祭他的五脏庙。

他奋力一跃，扑了上去，两只还在梦乡中的母鸡立刻就被列那咬断了喉咙。列那狼吞虎咽地吃掉了一只，打算把另一只带回家。

他还没有吃饱，但为了能钻出猫洞，他不能吃太多，不然肚子会鼓起来，那样他就跑不掉了。列那正准备回家时，突然感到有些口渴，他需要喝点水。修道院不远处有一口井，列那把母鸡藏在附近，然后跳上井口。但这会儿他却踌躇不前了，他不敢下去，因为一旦下去后他没有把握靠自己的力量爬上来。

他想：也许我能从桶里弄些水喝。

<u>他把头探到井里，却惊奇地发现妻子海梅林竟然在井底，她在那里干什么呢</u>（设置悬念，为故事制造波澜）？

列那大声地喊着妻子的名字，可是无人回应，井底的海梅林对他的喊叫根本不予理会。

列那不死心，又提高嗓门，大声喊着妻子的名字。话音刚落，井底就传来一阵令他费解的声音。妻子如此奇怪的声音，让他心底生出一丝恐惧。

他想搞清楚妻子为什么在井底，于是把身体俯得更低，伸出前爪放到水桶里，可转眼间，他就随着水桶掉了下去。谁知列那掉到井底后却怎么也找不到海梅林的踪迹，这让他惊讶极了。

究竟发生了什么事？列那满心疑惑。

这难道是修士们发现他偷走了母鸡后故意布下的陷阱？想到这里列那更加焦虑了。他爬不上去，又担心会被人抓住，忍不住在心里诅咒起来。就在他陷入困境的时候，和列那一样饥肠辘辘的叶森格伦在饥寒交迫中也走出森林，现在正在修道院附近徘徊。

那道水沟也同样难住了叶森格伦，但他却并不急着寻找入口，看到旁边的水井后，他径直走了过来。

他和列那做了同样的事——把头往井里探了探，想看个究竟。可他竟然看到了他的妻子海逊德和列那，这个发现让他汗毛倒竖，惊恐不已。他想：他们俩在井里干什么呢？这太奇怪了！难道有什么不可告人的秘密？

于是，叶森格伦装作全不知情，大声喊道："谁在那里？是不是列那？"

列那听到叶森格伦的声音，兴奋极了。他故作神秘地回答道："不是的，亲爱的舅舅，我不是列那。我已经去世了，我现在在天堂里，和天神们在一起。他们对我很好，把我当亲人一样对待，我现在也成神了（通过对列那的语言描写，表现了他的狡诈和机智）。"

"还有海逊德吧？"

"海逊德？哦，她没和我在一起，因为她现在还没成神呢！"

"但我分明看见她了啊！"叶森格伦大喊。

"那不是她！是您的影子，您现在正在通往天堂的路上。"

"真的吗？"叶森格伦不相信。

"当然是真的，我的好舅舅啊，您很快就能和我见面，跟我一起在天堂快乐地生活了，我真是太高兴了。好舅舅，天堂里的生活无忧无虑，如果您能来的话，一定会爱上这里的。在这里，鲜嫩的羔羊和美味的家禽无时无刻不围绕在您身边，肥壮的鸽子和母绵羊也俯拾即是（体现了列那运用花言巧语诱骗叶森格伦的奸诈行为）。"

听到这些，叶森格伦更觉得饿了，肚子也咕噜咕噜地叫得异常响亮，那些珍馐美味引起了他极大的兴趣。

叶森格伦叹息道："唉，好外甥，我怎么才能找到你呢？"

"好舅舅，您首先得死去。"

"我发誓，我已经死了，我现在都快饿死了。"

"哦，既然这样那就没问题了。"列那说，"接着您要忏悔一千次。"

"好吧。列那，你以前不是当过一段时间的修士吗？"

"是的，舅舅，我的确是当过修士的。"

"那么，我就对着你忏悔吧，其实我没那么坏，我从来不会故意去害人，如果不是为了生存，我甚至连邻居家的小鸡也不会吃的。我对天发誓，我说的都是实话。"

列那说："好吧，那么现在，您就坐在面前的这只水桶里，刚刚那些话是真是假我们很快就能知道。既然您已经死了，也忏悔了，您的灵魂就会落在水桶里面。这只水桶能证明一切，如果您说了真话它就会沉下来，否则就会升上去，您就试试吧。"

列那说完，就和叶森格伦各自爬进了身边的一只水桶。

叶森格伦长得比列那高大许多，因此很快就掉下去了，与此同时，列那也就升起来了。他们一上一下在中间相遇的时候，叶森格伦感到非常诧异。

"好外甥，"他惊讶地问道，"你为什么要走？天堂不好吗？"

列那回答说："现在您来了，我怎么还能霸占着那个本该属于您的位置呢？"就这样，叶森格伦沉了下去。而列那则在水桶升到井口时，奋力一跃，重获了自由。

他找到自己之前藏好的那只母鸡，并为自己能够顺利摆脱叶森格伦的纠缠而感到庆幸。

现在还有人能解救叶森格伦吗？结果并不如列那所愿，叶森格伦并没有死（通过自问自答的形式，为叶森格伦逃脱做了铺垫）。

第二天一早，天还没亮，一位修士就牵着一头驴来到井边打水。修士让驴子来转动绞盘。

当时叶森格伦就坐在水桶里，他非常重，驴子使尽全身的力气也不能让绞盘移动分毫。

接着又来了三个修士，他们齐心协力帮助同伴一起转着绞盘。一个在前面拉，另外三个在后面推。最后面的那个修士向井里一看，立刻大叫起来："赶快来看啊，井里有个大怪物。"

大家听到叫喊，都向井里看去，然后全都大叫起来："啊，有怪物！真的有个怪物！"他们不知所措，只是不停地大声叫喊，引来了更多的修士。没过多久，整座修道院的人都来了。

院长拿着权杖，神父从小教堂里端出一个大烛台来，一个修士拿来洒圣水的树枝，另一个修士捧着一盆圣水。其他人拿锹的拿锹，举叉的举叉，带木棍的带木棍，他们把武器紧紧地抓在手里，准备让这怪物吃些苦头（场景描写写出了人们在怪物出现之前蓄势待发的状态和紧张等待的心情）。

当大伙儿把叶森格伦从井底拉上来后，院长大声喊道："原来是一只狼啊！"

叶森格伦一上来就想跳出桶逃跑，但人们的棍棒比他的腿更快，早就噼里啪啦地落到了他的身上。叶森格伦被打得浑身是伤，动弹不得。

叶森格伦一动不动地躺着，仿佛已经死了。有人建议扒下他的皮，而神父却不屑一顾地说："他的皮毛已经被打成这样了，留着有什么用？早课后我们再回来处理他的尸体吧。"

可当修士们做完早课回到井边，却发现叶森格伦已经不知去向了。原来他根本就没死，他一直等到修士走后，才拖着虚弱的身体挣扎着逃了出去。他逃进森林，找了些草药敷在伤口上，这才感觉好了些。叶森格伦怒气冲冲，现在，他更恨列那了。

阅读鉴赏

文章通过场面描写、设置悬念、心理描写等手法，再现了列那的奸诈、狡猾以及叶森格伦的愚蠢。列那又一次捉弄了叶森格伦，把他推向了痛苦的深渊。

拓展阅读

绞　盘

绞盘是一种利用轮轴杠杆原理制成的起重机械，是船只或车辆上的一种较为常见的牵引装置，可以在较为恶劣的环境中实施自救或向他人施救。

真假狐皮

导　读

　　自从上次捉弄了叶森格伦之后，列那就离开了家，出去躲避风头，在外面他又遇到了庄园主。这个庄园主是个精明能干的猎手，列那遇到他，又发生了哪些有趣的故事呢？

　　为了避开叶森格伦，列那打算外出游历一番。列那会做出这样的决定，全赖海梅林夫人的竭力劝告。

　　这天中午，列那看到一群落单的小鸡，便捉了几只来充饥，随后又找到一眼清泉，喝了几口水，然后继续赶路（表现出列那赶路时的匆忙）。

　　现在，他要去拜访一位住在富有庄园主家附近的远房表兄，那位庄园主是个王爷，平日嗜好打猎，十分可怕。庄园里饲养了许多鸡鸭，这给了列那无限的诱惑。现在，只要稍微用点小手段，就能在城堡的地窖里弄到大批食物。不入虎穴，焉得虎子？因此，列那的表兄觉得，即使危险，住在那里也还是值得的，而且他一直小心翼翼，对这位猎人的脾气也了如指掌，所以不会有太大的危险。

　　列那认为，就算他不能和这位猎人攀交情，至少也该和那群家禽以及美味的火腿离得近些。这些东西把这个庄园装点成了天堂，就像他对叶森格伦说过的一样。

他边跑边想着这些，心里美滋滋的。不久，他走进了茂密的森林，看到表兄家离他理想的"天堂"那么近，他不禁心生羡慕。马贝度城堡的环境与这里相比实在是太差了！

列那幻想着哪天能把自己的家也搬过来。忽然，不远处响起一阵嘈杂的喧嚣声，猎犬的狂吠、猎人的叫喊和急促的马蹄声交织在一起，这对列那来说实在是场灾难。这场突如其来的狩猎，让人生地不熟的列那猝不及防，让他有了小命难保的担忧。

"狐狸！是狐狸！"猎犬们发现了他，列那仿佛看到了死神的降临。

列那嗅到了危险，拔腿就跑，然后不断改变行踪东躲西藏。然而猎艺精湛的猎人和猎犬还是追了上来，列那陷入了他们的包围圈，除了那座通向城堡的吊桥以外，他已经别无他路可走。最后，他像风一样地跳上去，穿过了吊桥。

王爷得意地大叫起来："哈哈，自寻死路，这可怨不得我！"

尽管列那已经被包围，可是他进入城堡后就不见了踪影。无论猎人和猎犬如何大肆搜索，也找不到他，他像幽灵一样消失在城堡里了。

人们前前后后、里里外外都找遍了，从地窖到楼顶，到处翻箱倒柜，甚至连烤炉和面包箱都没放过，却还是没有发现这只狡猾的狐狸（通过对搜寻过程的描写，从侧面衬托出列那的狡猾）。

"哎呀，"王爷为自己失去猎物而感到惋惜，"难道他还能飞天遁地不成？"

"这只狐狸莫非是鬼变的？我可不能让只鬼待在家里，这次说什么也要把他赶出去。"

有人不肯死心，仍在不停地寻找，但最后还是一无所获。晚上，王爷宣布暂停搜索。

"先吃晚饭吧，"王爷说，"明天再继续找。"

一整晚人们都在议论纷纷。女人们嘲笑狩猎者无能，这更激起了狩

猎者们第二天报仇的决心。

天才蒙蒙亮，狩猎活动又开始了。他们刚走出城堡，就发现列那正站在树林旁边等着他们。

这是列那的诱敌之计。他和前一天一样，还是左突右击，东弯西绕，又把猎狗和猎手向吊桥边引，然后又和以前一样消失在人们面前。

三天来，列那都用同样的花招要得他们团团转。第三天清晨，人们看到他在林中的空地上散步，就去追赶他，可不一会儿，他就又不见了。城堡里的人们都以为撞鬼了。

到了第四天，王爷家的亲戚带着厚礼来探望他，所以他们就暂时把这件事给搁下了。

这段时间人们的注意力都放在野猪上，所以对列那也就淡忘了。可一天夜里，猎人们回来后，又看到了那只故意挑衅的狐狸，于是他们追了过去。可结果和以前一样，那只狡猾的狐狸又在众目睽睽之下消失了。

这件事成了众人议论的焦点。晚饭时，桌上全是新鲜的野味。安乐椅上的客人抬头盯着墙壁说道："哦，天哪，您有这么多珍贵的狐皮啊！足足有十张！您正在寻找的那只狐狸的毛皮也跟这些一样精致吗？"

"十张？"主人感到十分奇怪，因为他记得很清楚，狐皮总共只有九张，"不，只有九张（通过对主人语言的描写，侧面表现了列那的高超演技）。"

他还没说完，就听到门外传来一阵狗叫声。

客人笑道："那是我的狗，非常忠心的狗，从未离开过我。"他又对女主人说："夫人，能不能让女仆放他进来，让他就像平常那样躺在我的脚边？他跟我很久了，和我就像老朋友一样。"

仆人开门放狗进来了，但是狗根本没跑到主人的脚边躺下，而是对着墙上的狐皮狂吠起来。

"到底怎么啦？"王爷说，"我本来只有九张狐皮啊，现在怎么多出一张来了？"

于是，仆人走近墙壁仔细观察。

"大人！"他叫起来，"这真是太惊人了！你瞧，我们苦寻未果的那只狐狸不就在这几张狐皮中间么？他正挂在那里装死呢。但这次他可是在劫难逃了！"

正当仆人伸手要去抓列那时，反被列那狠狠地咬了一口。然后，列那趁大家惊慌失措的空当又逃了。

在人们想到要拉起吊桥以前，他已经逃得无影无踪了。列那终于露出了久违的笑容，他为自己成功地戏耍了这些猎人而自豪。

这回他不准备去找表兄了，而是原路返回，踏上了回家的路。

阅读鉴赏

文章通过场景描写、动作描写等手法，生动形象地为我们描绘了一幅狐狸戏弄猎人的场景图，详细地刻画了列那的狡诈和诡计多端，精明的猎人都被他耍得团团转。

拓展阅读

城　堡

城堡是指具有完整的结构，并用于设防的城体或堡垒。一般指欧洲中世纪的一种建筑物，当时，欧洲战争频发、社会动荡，贵族为了保护自己的土地、财产而建筑的，具有防御作用。

列那诱捕公鸡 向特格雷

导　读

　　列那出来觅食，经过一个花园，花园内部有一个大牧场，牧场内公鸡、母鸡成群结队，公鸡向特格雷正在向母鸡潘特讲述自己做的梦，列那在栅栏外看得出了神，此时他又想出了什么鬼主意呢？

　　这天天气晴朗，景色宜人，列那心情舒畅地沿着林间小道自由地奔跑。为了找到更丰盛的食物，他决心到远方云游。

　　列那不经意间来到一个陌生而又迷人的地方。放眼望去一片翠绿，一条清澈的小溪在树木和花草间蜿蜒（弯弯曲曲向前延伸的样子）流淌，灌溉着肥沃的农田。一个大牧场坐落在一排栅栏围绕着的花园中间。花园看起来让人感觉很舒服，各式各样的水果挂满枝头，公鸡、母鸡四处奔跑。看到如此美味的佳肴近在咫尺，列那不禁舌后生津，口水直流。他只随便用了点手段就混进了这个乐园，然后躺在栅栏旁边谋划起来。

　　就在列那的不远处，几只母鸡正在觅食。其中一只名叫潘特的母鸡，下的蛋又大又圆，因而获得了主人的重视，在鸡群里地位颇高。同时她还很会解梦。

　　列那来到鸡群旁，由于靠得太近，弄出了响声，立刻惊动了母鸡们，她们迅速叫唤起来。

就在这时，向特格雷——鸡群中最英俊的公鸡迅速跑了过来。

"怎么回事？发生什么事了？"公鸡问。

"我们听见了奇怪的响声。"潘特说，"我还看见两只眼睛在栅栏外目露凶光，这千真万确。有敌人在窥探我们，向特格雷，我们现在的处境十分危险！"

母鸡们又不安地骚动起来，向特格雷好不容易才安抚好她们的情绪。

"栅栏是崭新的，非常坚固，"他说，"我们不会有事的，大家不用担心。"

"可是，我想问问你，潘特，"公鸡继续说道，"刚才你们那一阵毫无意义的叫唤，惊醒了我的噩梦，当时我正在那边小屋顶上睡觉，然后就做了个噩梦，潘特，你就给我解解梦吧。"

"好的。"潘特说。

"我的梦是这样的，"向特格雷说，"当时我好像就在这里啄着新收的谷子，却看到一只奇怪的动物向我走来。他穿着一件红色的皮袄，而且非要把这件衣服送给我。任凭我怎么跟他解释也没用，其实这衣服真的一点也不适合我，而且我穿的一直都是羽毛，所以对皮毛过敏，可最后这个陌生人却硬是逼我穿上了他的皮袄（为下文狐狸诱捕公鸡设置了悬念，引发了读者的兴趣）。"

向特格雷喘了口气，抖动着他那美丽的翅膀，似乎真的穿上了那奇怪的衣服一样，然后继续讲述："这衣服的穿法也太奇怪了！我费尽心力把自己的头套进一个又尖又硬的镶白边的口子中，但进去时却让我整个人痛苦极了。我从没见过这样紧的衣服，而且里面都是毛，紧得让人难受。因此，即使你们刚才不那么叫唤，我可能也要被这件衣服折磨得醒过来了。这个怪梦让我到现在都心神不宁。潘特，你觉得呢？"

"怪不得你那么激动。"潘特边点头边说，"这的确是场噩梦。但愿你只是虚惊一场啊，恐怕这个迫使你穿上皮袄的人会是某只野兽，这只野兽应该会先咬断你的脖子，然后把你吃掉。那又白又坚硬的花边应该就是他的牙齿，你会觉得难受是因为他用牙齿把你叼在嘴里（为下文列那欺骗向特格雷做了铺垫）。

"啊，向特格雷，这太吓人了，你要随时保持警惕！即使你不相信敌人就藏在栅栏那边，我也要告诉你，我是亲眼看到他的眼睛了，我们应该躲回牧场才对。

"向特格雷，不管你愿不愿意，我担心你很有可能在中午之前就要穿上这件皮袄了。"

"潘特，我看你真是疯啦。"向特格雷满不在乎地耸着肩膀说道，"这个花园一直都很安全。我只要记住你的话，不到大路那边去，应该就不会遇上那只可怕的野兽。谢了，潘特，我的美人，你解的梦让我受益匪浅。"

接着，向特格雷离开了潘特，来到不远处的阴凉处睡觉。虽然向特格雷一意孤行，但潘特和别的母鸡还是觉得回鸡舍比较保险。她们"咕咕"叫着，啄着食物，还不时警惕地巡视一下周围的动静。母鸡们都回去了，只留下公鸡在那里睡觉。

列那躲在栅栏后面，对他们刚才的谈话听得一清二楚。他觉得这番对话非常有趣，一想到向特格雷穿皮袄的方法，他就不禁流下了口水。

栅栏不怎么高，列那从上面俯视下去，可以清楚地看到向特格雷身上美丽的羽毛。列那暗暗计划着，首先快速一跳，一下子将向特格雷制服，然后就像他梦到的那样吃掉他。

列那测了测距离，然后退了几步，突然猛地一跃跳到空中，接着"扑哧"一声落在公鸡身旁（一系列动作表现了列那捕获猎物时动作的敏捷和娴熟）。向特格雷一下子就惊醒了过来。只见他奋力腾空而起，厉声惨叫起来。列那又开始巧言令色地哄骗起他来："我亲爱的表弟，能在这里遇见你我感到非常高兴！我和你父亲很熟，他和我父亲是表兄弟。因此，能和你相识，我真感到荣幸！"

向特格雷被列那这几句美丽的谎言迷惑了。显然，他一点也没有怀疑，眼前这个陌生人就是自己梦中的那个穿着红色皮袄的野兽。听了这位陌生表兄的花言巧语，向特格雷根本不再考虑自己是否会遇到什么灾难了。

"你长得太美了，"列那正儿八经地说，"比你的父亲更美。你父亲在世时就是鸡群里的明星，你应该继承了他那动听的歌喉吧？"

向特格雷清了清嗓子，准备放声高歌，好让这位行家见识一下他到底有多么出众。

他尖着嗓子唱了几个高音，列那频频点头表示钦佩。

"不错，不错，就是这样！"他说，"但你能不能学你父亲那样闭上眼睛唱歌？他只有闭着眼睛才能发出世界上最动听的歌声。这很奇怪吧？但他就是靠着这手绝技征服了众人。你做得到吗？"

列那的这番话已经完全取得了公鸡的信任。向特格雷对列那的最后一丝疑虑也消除了。于是，他闭上眼睛，唱出了自己最动听的歌声。列那趁机把他扑倒在地，捉住了他。

潘特远远地看到了这一幕。她放声大叫，引来了女仆和男仆，最后连主人也被惊动了。狐狸抓走了主人最美的公鸡，女仆的大意会让她受到主人的责备。

可怜的女仆别无他法，也只能大声求救了。

一大群人接踵而来，却没一个能追上叼走公鸡的列那。此时列那正匆匆地朝着通往森林的大路奔去。

向特格雷难受极了，他觉得自己这次必死无疑。

但他还是鼓足勇气对列那说："他们追过来了，你难道不想反驳他们，讽刺他们几句吗？"

"哎，潘特，同情心泛滥的潘特，现在你肯定会嘲笑我，这次我不管怎么样都要穿上这件皮袄了，不管怎样，不管怎样！"

列那走一步，向特格雷就以相同的语气说一句"不管怎样，不管怎样"。于是，列那也忍不住得意地跟着说："不管怎样，对，不管怎样，你都要穿上这件皮袄了。"

列那为了炫耀自己的足智多谋，嘴巴有些松动。向特格雷瞅准机会挣脱了列那的钳制，列那的嘴巴里只剩下几根鸡毛。

　　向特格雷挣扎着飞到附近的一棵大树上，然后抖了抖翅膀（展现了向特格雷刚从列那的魔爪中逃出来惊魂未定的状态），摇摇晃晃地喊道："表兄啊，你皮袄的花边太硬了，我可不愿和你沾亲带故；还有，我再也不唱歌了，就连睡觉也要睁着一只眼睛才能放心！""我呢，"列那怒吼道，"我决定以后说话都要闭着嘴巴！"

　　牧场的猎狗跑在仆人前面，眼看就要追上列那了。列那可没打算把他的皮袄送给猎狗，便迅速溜了。

　　列那竟然会让公鸡给骗了，对他来说，这简直是另一种形式的侮辱。

阅读鉴赏

　　文中通过环境描写、动作描写、设置悬念等手法，刻画了列那欺骗诱捕小动物的狡猾本性，也体现了公鸡向特格雷的聪明机智，通过诱导列那说话，给自己争得了生存的机会。

拓展阅读

栅　栏

　　栅栏是一种用铁条或木条等做成的类似篱笆而且比较坚固的东西。栅栏在欧美地区十分流行，而且在生活中应用广泛。私家别墅和庭院栅栏多以木质为主，由栅栏板、横带板、栅栏柱三部分组成。以装饰、简易防护为主要安装目的，其次还有花园栅栏、公路栅栏等多种多样的类型，造型各异。

草地上的惨剧

导　读

　　公鸡向特格雷的挣脱让列那一直耿耿于怀，他很想找个机会报仇雪耻，来挽回自己的名誉。一天他又找了个机会来到牧场，这次他又是怎么做的呢？他的阴谋诡计得逞了吗？

　　列那虽然没有抓住向特格雷，但他可以向那个有着成群的公鸡和母鸡的花园发动进攻，那些又肥又嫩的家禽让他垂涎了很久呢！

　　由于情况紧急，那天列那终究没能逮住机会，将那些美味的食物带回家，让妻子和孩子们品尝。

　　列那想来想去，总觉得放过那个资源丰富的农场，实在是可惜。他觉得自己不能这样暴殄天物，应该和农场主一起享受美味。

　　另外，他还有一个私人理由——那就是要找向特格雷报仇。列那认为公鸡向特格雷从自己爪下死里逃生，对自己来说是一种奇耻大辱。他发誓一定要报仇雪耻，所以决定再去那里走一趟（列那决定重回庄园，为后文惨剧的发生做了铺垫）。但他又转念一想，那些爱搬弄是非的母鸡会到处宣扬这事，那时他就名誉扫地了。想到这里，列那有些惶恐和犹豫了。

　　经过再三考虑之后，列那还是决定到农场走一趟，要是成功了，不但可以一雪前耻，还能美美地享受一顿大餐。

一天早晨，列那在向特格雷和潘特住所的大路上来回走动，思索着怎样布置陷阱。

走到花园旁边时，他看到向特格雷正悠闲地晒着太阳，嘴里还哼着歌。

一发现列那，向特格雷立即停止了歌唱。他奋力弹跳起来，想躲到一个安全的地方（侧面表现向特格雷对列那的警惕以及他的恐惧）。这时，列那向他发起了柔情攻势，对他说着好听的话。他受不了诱惑，于是停了下来。

"亲爱的表弟，你跑什么呀？"列那说，"难道你不相信我？我们可是亲戚啊！"

"难道你还对那天的玩笑耿耿于怀吗？看来我父亲说得很对，这世上没几个人懂得幽默，人们总是把单纯的游戏想象成恶意的陷阱。

"那天，看到你美丽的羽毛，听到你悦耳的歌声，我就有一种很强烈的欲望，很想把你介绍给我的妻子海梅林。

"因为我太过急切了，加上你又是亲戚，所以邀请你的方式有点粗鲁。我本来打算带你回家盛情款待一番，没想到你却拒绝了我的精心保护和照料。唉，向特格雷，你说我该怎么办呢？"

向特格雷半信半疑，不知该不该相信他，于是说道："你用这种邀请的方式，不管是谁都会误解的，而且我那时做的梦也真不是时候，那个梦和潘特的解说更加深了我的误会。"

"好了。"列那说，"以前的事就让它过去吧。现在我们要和睦相处，不要再引发战争和杀戮了，狮子诺勃勒国王早就颁布了这项法令。

"战争已经停止了，从此以后，我们要遵照国王的命令，相亲相爱，如同一家人。向特格雷，请你一定要相信我，虽然我以前有罪过，但我已经忏悔了，我希望世界和平，所以决定以后不再吃肉。今后我的生活将在禁食、斋戒和祈祷中度过。

"你刚才看到我的时候，我正准备到河边念经呢。既然碰到了你，就顺道告诉你这个好消息。"

"这是真的吗？"向特格雷快活地叫了起来，"有了这道法令，从此以后我们就可以自由地进出庄园，不用再躲在这个监狱似的园子里了。"

"啊，表兄，这个消息太棒了！"公鸡尖叫起来，"潘特！斯波特！柯珀……"

向特格雷把农场里所有的家禽都招了过来，他要向他们宣布和平的法令和列那改过自新的事实。

此时，列那正露出慈祥的笑容，手拿《圣经》，渐渐远去。

向特格雷想到他曾经刁难过这么一只好狐狸，觉得很惭愧。

一向谨慎的潘特问道："他的话能信吗，向特格雷？"

向特格雷耸了耸肩，坚定地说道："国王已经颁布了和平法令，而且列那也发誓要改过自新。我们自由了！现在我们就可以到外边的草地上去，尽情享受那些美味和食物了。来吧，都来吧，大家跟我一起走吧！"

向特格雷轻轻一跃，跳出了园子。接着，整个鸡群都跟着他走了（通过对向特格雷动作的描写，表明他迫不及待的心情）。

潘特和她的大妹妹斯波特、小妹妹柯珀走在最后头。向特格雷的 14 个孩子，刚出生不久的年轻漂亮的公鸡和娇艳的母鸡全都欢天喜地地叫着、跳着、飞着出了园子，想去看看外面那个他们一无所知的新世界。

列那并没有走远，他躲在大树背后，假装念经。可事实上，他的注意力全都放在嬉戏玩耍的鸡群上。

一只小母鸡走着走着，来到了列那藏身的地方，她甚至还来不及发出一声惊叫就被吃掉了。

同样的惨剧发生在向特格雷的另一个孩子身上，接着是第三个、第四个……死神接二连三地在他们面前降临。

向特格雷和潘特终于发现了异常。向特格雷试着叫唤了几下，却没能召齐所有成员。于是他发出了紧急信号，这才引起了大家的注意。大母鸡、小母鸡、公鸡全都扑着翅膀叽叽喳喳地跑来了，可是队伍中却少了好几个成员。

列那陶醉在这美味的食物里，完全不能自控。他为自己的聪明才智感到骄傲和自豪。没过多久，他找准时机纵身一跃，跳进了早已被吓呆了的鸡群里，只一眨眼的工夫，美丽的草地就变成了屠宰场。

鸡群的惨叫声惊动了牧场的主人。他们赶到了现场，看到眼前的情景，立刻放出看门狗去追击列那。

但还没等他们追来，列那就一口咬死了站在他附近的柯珀，把她当作最后的祭品带走了。

为了安全起见，他只咬下柯珀的一只翅膀，因为他肚子里已经装了好几只鸡，他怕自己身体太重，摆脱不了那些大狗的追捕。他顺着一条岔路来到了一座修道院的门口，这个修道院的院长他是认识的，所以看到院门大开，就赶紧逃了进去。

不久，看门人关上了修道院的大门，列那得救了。

阅读鉴赏

文章中运用了语言描写、动作描写、场景描写等写作手法，描绘了列那暗中策划、诱敌深入、巧妙捕获家禽的情景，形象地再现了列那的诡计多端和残忍狡诈的本性，也写出了公鸡容易轻信谗言、易被哄骗的软弱性格。

拓展阅读

监　狱

监狱是人类社会发展到一定历史所段的产物，它随着阶级、国家的出现而出现。监狱是为统治阶级服务的，是国家的暴力机器之一。现在，监狱指的是关押犯人执行刑罚的地方，包括拘留所、看守所等场所。

列那成了修士

导　读

> 列那来到修道院，假装虔诚地哄骗院长，说自己看透了人世间的痛苦，想要忏悔自己的罪孽，借此在修道院住了下来。不过，他能忍受得了修道院清心寡欲的生活吗？他的真正目的是什么？让我们拭目以待吧！

列那稍稍喘了口气，故作镇静地穿过修道院的天井。他碰到一位年轻的修士，于是请这位修士替他向伯纳院长通报。

这位院长从前只不过是头普通的驴子，很早以前列那就认识他了。他忠厚正直，就是脾气不太好，列那和他不过是点头之交罢了。

院长见了列那，有些诧异，便说："朋友，是什么风把您给吹来了？"

"院长，"列那答道，"我想早日摆脱人世间的痛苦和烦恼，不想再被人陷害了，我想以信仰来忏悔自己的罪孽，获得主的宽恕。所以我来找您了（列那故作真诚、假装善良的心理，又一次让我们看到了他的虚伪和狡猾）。"

"好，太好了。"院长说道，"但是列那，你要知道，我们这儿的生活很清苦，你一定要想清楚。如果出家了，你就得放弃从前的爱好，放弃享受，并且山珍海味和你所喜欢的肉食都不再属于你了。"

列那揉着还未完全消化的肚子，认真地回答道："现在我已经吃腻肉

88

食了，以后我只吃素，也不再贪图享受，会把全部精力都用在修行上。"

当然，列那要放弃享乐只是暂时的，他一向得过且过，从来不会去想明天的事情（直接陈述列那爱享乐、得过且过的本性无法改变）。

列那就这样在修道院住了下来。

第一天，他念经、祈祷，专心致志地参加修道院的各项活动，吃着清淡的饭菜，似乎过得很好。

第二天，也没发生什么特别的事。

第三天，天刚亮，列那就开始做早课了。午餐时，他吃了一顿清淡的饭菜，到晚上时，他便开始怀念肉食了。列那忘记了自己的承诺，毫不犹豫地偷吃了修道院里的那只鹦鹉。鹦鹉的肉比较硬，味道也不够好，但列那总算是沾了荤，他知足了。修士们到处寻找那只可爱的鹦鹉，却怎么也找不到，最后只能为他的失踪痛哭哀悼。

列那装模作样地赞美死者，对他的不幸表示同情。他这样做，目的只是为了使修士们不至于怀疑他！

两天之后，列那感到身体变得虚弱，像是营养不良了。整日吃素食的日子简直令他觉得度日如年！有人给修道院送来几只母鸡，列那趁人不备偷吃了两只。就在他准备吃第三只的时候，被看门人发现了。看门人以为是小偷，立刻大叫起来。修士们听到叫喊，全都跑了过来。

伯纳院长跑在最前面，他怒气冲天地对列那说："你这个卑鄙无耻的家伙、虚伪的叛徒，其实你是为了这个才来的吧。你这阴险的小人，我怎么会相信你呢？你这小偷、强盗……"

列那面不改色地说道："别生气，院长，发脾气对身体不好。"

等伯纳院长稍稍平静了以后，列那继续说道："一个新进的修士总会犯上一两次错误的，假如犯了错，您又完全不容许他忏悔，不给他重新做人的机会，这样做是欠妥当的。"

"我对天发誓，我只是因为肠胃还不太习惯素食，才偷吃了这些母鸡，现在肚子虽然饱了，但我内心却很不安，良心正遭受严厉的谴责。请宽恕我这一次吧,让我继续留在这里,只有在这里,我才能真正地改过自新。"

伯纳院长再也不肯相信列那了。他没被列那的花言巧语打动,当着大家的面把列那列为新进修士中最恶劣的典范。经过这些日子的观察,他发现列那根本不是为了修行才进修道院的,所以他决定让列那还俗,并认真反省自己的错误。

就这样,列那被赶出了修道院,在狂风暴雨和电闪雷鸣中回到了马贝度城堡。

阅读鉴赏

文中通过语言描写、场景描写、动作描写等手法,揭示了列那虚伪背后隐藏的狡猾和贪婪的真实本性。文章情节详略得当,层层深入。

拓展阅读

鹦 鹉

鹦鹉是一种羽毛艳丽、喜欢鸣叫的鸟类,种类很多,据统计约有358种,是鸟纲中最大的一科。鹦鹉主要分布在热带森林中,但在温带和亚热带森林中也有一定数量的分布。因善于学人类说话,所以很受人类喜爱,常被人类当作宠物饲养。

审判列那

导　读

　　在一个鸟语花香的春天，狮子国王召开了庭审大会，大家纷纷控诉列那的可恶行径，对列那充满了愤恨。但是狮子国王是怎样来审判的呢？在列那遭到大家唾骂的时候，会有人为列那开脱吗？

　　春天到了，花儿竞相绽放，鸟儿愉快地歌唱，阳光照到身上暖洋洋的（环境描写一方面表现出春天的愉悦氛围，另一方面为下文对列那的审问做铺垫）。这样的季节真是令人陶醉。国王狮子诺勃勒决定在这个季节召集他所有的臣民，开庭审大会。

　　今年这个大会对于国王来说显得格外重要，因为他听到了一些关于男爵列那的流言蜚语。"这都是一些好事之徒惹出来的，纯粹是胡说八道。"国王的夫人母狮菲耶尔傲慢地说道。

　　几天前国王诺勃勒就让蜗牛塔迪夫传达命令，召集众人参加审判大会。塔迪夫虽然行动迟缓，却也有条不紊地完成了使命。

　　审判的日子终于到了，臣民们一大清早就奔赴会场拜见国王。

　　国王威严地坐在一棵大树下，菲耶尔夫人坐在他身边。所有的人都到了，先到的有雄狼叶森格伦、秃鹫莫弗拉、雄鹿白里士美、狗熊勃伦、野猪波桑、梅花鹿帕拉多、猴子匡特洛；后到的有羚羊缪索、雄马菲南、野兔科阿尔、刺猬埃皮那、猪獾葛令拜、蟋蟀罗拜、公猫梯培、雄狗柯尔特、公牛布吕央、金钱豹、老虎、黑豹和负责巡守森林的骆驼扎伊尔。

公羊倍令是国王的牧师，负责记录参会者的名单。他发现公鸡向特格雷和狐狸列那还没有到会。

向特格雷到现在还没有来，完全可以解释为一般的迟到，而列那的缺席却引起了人们各式各样的猜测。

列那没有来，后果会很严重。因为这段时间大家对列那的种种恶行早已议论纷纷。每当人们提到那些令人发指的行为时，总会把他们和列那的名字联系在一起，因此才有了今天的审判大会。可列那到现在都没有出现，让人不得不怀疑，他是害怕了才故意缺席的。

可是，他有什么可害怕的呢？

事实上列那根本没有必要害怕，也不需要耍什么手段，因为就算他<u>在场，也没有谁敢控告他</u>（表现出列那的嚣张和大家对列那的恐惧）。而现在列那不在场，这摆明了会有好戏上演，我们就耐心地等着看好戏吧。

叶森格伦首先发言。

趁着诺勃勒正在等待列那之际，叶森格伦说道："他不会来了，这么多人要控告他的恶行，他怎么敢来呢？陛下，您一定要严惩这个忘恩负义的骗子、下流无耻的小人。"

"严惩！严惩！"几个声音附和道。

"既然我已经说了，"叶森格伦说，"就让我说完吧。他曾经多次提议让我和他一起冒险，但每次总是他满载而归，而我却一无所获。有一次，他让我在结了冰的池塘里钓鱼，害我冻伤了尾巴；还有一次，他把我骗到一个庄园，害我被修士暴打；他还在我生病的时候，趁机欺负我亲爱的妻子海逊德和我的孩子们，还有……"

猪獾葛令拜打断了他的话。

葛令拜是列那的表兄，他与列那有着深厚的感情。

他为列那辩护道："攻击一个缺席的人是很不厚道的，因为他无法为自己辩护，还有，叶森格伦，你怎么忘记说你对我表弟的狠毒报复？他冒着生命危险为你弄到一堆鱼的时候，你是怎么对他的？你只留给他一堆吃剩的鱼骨头；还有……"

这时雄狗柯尔特粗暴地打断了猪獾的话，他突然站了起来，愤恨地说道："我赞同我表兄叶森格伦的说法。列那是个十足的浑蛋，香肠事件就很能说明这个问题……"

公猫梯培大摇大摆地走上前来打断了柯尔特："我一点也没有要为列那说话的意思，我也吃过他几次亏。但现在，我不得不说，柯尔特，香肠事件根本不能说明问题。首先，香肠被人放在窗台上，根本就不能算是你的，即使你在窗台下面哇哇大哭，香肠也不会变成你的。"

"但主人说过那是我的午餐。"柯尔特反驳道。

"不，香肠是自己掉下来的，"梯培说，"它正好落在列那的头上。天上掉下来的馅饼谁会蠢得不要啊？柯尔特，香肠上可没刻你的名字！后来我和列那还为香肠展开了一场激战。最后，我赢了，就吃掉了那根香肠，完全顺理成章！难道我有错吗（通过对梯培语言的描写，表现出他极力为自己开脱的意图）？"

国王诺勃勒对公猫的这番话表示认同。在他看来，列那根本没错，这个控诉不成立。

菲耶尔夫人也同意丈夫的看法。

她漫不经心地说道："这些不值一提的琐事我们完全没必要去探究，亲爱的陛下。"

就在这时，乱哄哄的会场突然安静了下来。

原来是一列奇特的队伍沿着大路走了过来。

公鸡向特格雷打头阵，潘特和斯波特走在两旁。四只年轻的公鸡跟在他们后面，边走边哭，还抬着一副担架。担架上盖着树叶，树叶下似乎躺着什么东西。

这悲伤的场面触动了在场的每一个人，大家全都沉默了下来，所有的目光都集中在他们身上。当队伍走到国王诺勃勒面前时，向特格雷突然脱帽致敬，哭诉道："陛下，请您为我们主持公道，希望您能秉公办理。这是一起蓄意谋杀案，有人在我家附近以无耻的手段杀害我多位亲人。我们的家族生活在一个农场里，人口众多，非常幸福。这位女士是潘特，她是远近闻名的产蛋冠军，还善于解梦。潘特有两个妹妹，一个叫斯波特，就是这位；另一个叫柯珀，她是我们家族中人见人爱的小美人。我们本来一直都过着幸福美满的生活。可是有一天，一个骗子以您的名义，不费吹灰之力就取得了我们的信任……"

"以我的名义？"诺勃勒异常震怒。

"是的，陛下，就是以您的名义。他还给我看了您用爪子盖了章的'和平法令'。"

"这个骗子利用我们想获得自由的心态，引诱我们到园子外面去。因为有您的法令，所以我们就轻信了他的话。就这样，我的孩子们，我可怜的孩子们，刹那间便丢了性命，成了这个骗子的祭品。"向特格雷说着说着便泪流满面了（通过向特格雷对事情过程的叙述，表现出列那的狡猾和凶残）。

"最后，他竟然肆无忌惮地跳到我们中间，咬死了可怜的小美女柯珀。要不是看门狗听到我们的惊呼赶来，她肯定早就尸骨无存了。"向特格雷说完退到一边，潘特和斯波特连忙扒开担架上的树叶，让大家看柯珀的尸体。

看到小柯珀的惨状，一时间群情激愤，就连一向傲慢的菲耶尔夫人也忍不住热泪盈眶了。

潘特和斯波特更是失声痛哭起来。

"就地正法！就地正法！"她们大喊着。

向特格雷也提高嗓门喊道："严惩！报仇！"

"严惩！报仇！"所有人都在怒吼。

诺勃勒虽然已经心中有数，但还是问道："这样残忍的事到底是谁干的？"

"列那！"向特格雷用充满愤怒的声音回答。

接着，会场上到处都是震耳欲聋的喊声："要严惩！要报仇！处死他！处死他！"

国王诺勃勒威严地站起来，众人顿时停止了叫喊。

"在裁决之前，我还是要听听被告的说法，这是他的权利。"诺勃勒威严公正地说道。

葛令拜再次为列那出头。

他往前迈了一步，说："陛下，控告别人是需要证据的。据我所知，列那在几天前就已经进了修道院，怎么可能做出这样的事来？这很明显是诬陷（通过葛令拜的语言可以看出，他在为列那寻找理由开脱罪名）。"

"他真的进了修道院吗？"国王惊诧地问道。

刚刚入座的院长伯纳这时说道："早就被赶出来了，因为他完全没有诚意，在修道院偷吃肉食。我怕他带坏了其他的新进修士，所以只好叫他还俗了。现在他已经回老家了。"

葛令拜还想以列那进了修道院的事来证明他没有杀害柯珀，但是人们一核对日期，事情就真相大白了。事实胜于雄辩，列那将受到惩罚，而且会被处以极刑。诺勃勒下令："一定要抓住列那，把他押到我这里来受审。"

"谁能替我去他家跑跑腿？"国王问。

国王的提议半天无人响应。

最后，那只笨拙的狗熊勃伦愿意接下这个任务，到马贝度城堡去。

"万事小心，"国王叮咛道，"处理这件事，你一定要慎之又慎，列那可不好对付。勃伦，你一定要谨记，绝不能被列那的花言巧语所蒙蔽，他的善意其实都是陷阱。"

勃伦说："陛下无须担心。魔高一尺，道高一丈，我自有办法对付他。我一定会把他押到您面前受审的。"

国王说："很好，你去找他，我们在这里等你，顺便处理这位可怜的被害者的后事，我们要把丧事办得隆重而庄严，让蒙难者的家属感到满意。"

勃伦满怀信心地出发了。国王诺勃勒、他的牧师倍令和院长伯纳则商量起丧礼的事来。

阅读鉴赏

文中通过场景描写、语言描写等手法，形象地描绘了动物们召开庭审大会的场景，表现了大家对列那的痛恨之情，从侧面反衬了列那的狡猾与可恶。

拓展阅读

蜗　牛

蜗牛是一种软体动物，常以腐烂的植物或新鲜植物的茎叶为食，在土中产卵。大部分生活在潮湿的地区，尤其在岛屿上比较常见，也有少数生活在寒冷的地区。它的食用和药用价值都很高。

柯珀的葬礼

导　读

　　小柯珀被列那无辜害死之后，狮子国王要为她举行隆重的葬礼，很多小动物都来到墓前表达自己的哀思，自告奋勇的野兔科阿尔主动为她守灵，之后发生了什么奇迹呢？

国王诺勃勒下令为柯珀举行隆重的葬礼。

于是大家在一棵美丽的大树下为柯珀挖了一个精致的墓穴，并用鲜花嫩草包裹住她的身体，由四只小公鸡抬着缓缓下葬。送殡的亲友们则站在墓穴前诵经（对葬礼的描写表现了亲友们失去柯珀的悲痛之情）。

向特格雷、潘特和斯波特站在殡仪队的最前列，哭得十分伤心。

下葬后，人们将墓穴重新填土，并在墓基上立了一块宏伟的石碑，松鼠卢索在石碑上题词：

<blockquote>
美丽的柯珀在这里长眠，

她是众人宠爱的孩子。

只怪列那这狠心的家伙，

无耻地害她离开了人世。
</blockquote>

亲友们轮流来到墓碑前，默念题词，表达自己的无尽哀思。大家对

卢索的题词十分赞赏，都说他找到了最适合柯珀墓碑的语言。

野兔科阿尔自告奋勇为柯珀守灵，希望她能在这里安息。到了第二天早上，他惊喜地发现长久以来一直困扰自己的疟疾完全消失了。科阿尔就是因为这个毛病，才成为众人眼中的胆小鬼的。

这个消息一经传出，立刻震动了整个动物王国，人人都在谈论这个奇迹。雄狗柯尔特跑来向叶森格伦建议道："也许你的耳痛顽疾也能在殉难者的墓碑前痊愈。"

叶森格伦听从建议，在野猪波桑、猴子匡特洛、松鼠卢索和其他人的陪伴下，在柯珀的墓碑前睡了一夜。

第二天，叶森格伦一睡醒便兴奋地告诉大家，他耳痛的顽疾真的痊愈了。

波桑觉得难以置信，问道："你的耳朵真的有毛病吗？"

柯尔特见有人怀疑，着急地说道："那是当然啊，我为什么要骗你？叶森格伦以前亲口告诉我的。"

叶森格伦冷笑道："我的确患过那种病，但现在已经全好了。"

单纯的松鼠卢索惊叹道："天啊！这简直是奇迹，太神奇了。"

叶森格伦说："大家都看到了。这足以证明列那是多么罪不可赦，他杀害了一位多么圣洁的女孩啊！"

葛令拜看到这样的情景，感到无可辩驳，只得边摇头边叹息。

他在心里默念着："可怜的表弟啊，现在你的处境可危险了，你的生命将面临巨大的挑战！"

阅读鉴赏

文章通过场景描写、侧面描写、语言描写等手法，刻画了动物们哀悼柯珀之死的场景，表达了他们对柯珀的深深怀念，也从侧面突出了列那心狠手辣、欺压弱小的可恶行径。

拓展阅读

松　鼠

　　松鼠通常生活在寒温带的森林中，以植物的果实和种子为主要食物。松鼠的体重在 500~800 克，雌性要比雄性稍微重一点。尾部的毛蓬松且比其他部位的毛长，后肢比前肢稍长。全世界松鼠种类大概有 212 种，我们国家有 24 种。

国王的使者
狗熊勃伦

导　读

　　狗熊勃伦接受了狮子国王的命令之后，就开始了自己的行程，费了九牛二虎之力才找到了列那隐蔽的家。他和列那见面之后发生了什么？列那会轻易地束手就擒吗？

　　天气渐渐转暖，狗熊勃伦跋山涉水，向列那的住所马贝度城堡行进。

　　列那为了迷惑敌人，已经在孩子们的帮助下把马贝度城堡的四周做了巧妙的布置，使城堡隐蔽起来了（列那隐蔽城堡的行为不仅表现出他的狡猾，而且也暗示了他的心虚）。

　　正因为如此，狗熊勃伦费了九牛二虎之力才找到列那那坚不可摧的城堡。到达目的地后，勃伦终于松了口气。这时，他忍不住伸了伸舌头，他需要给自己一些勇气。此刻，列那刚吃完一只肥嫩鲜美的腌鸡，正悠然自得地睡着午觉。温柔的海梅林怕孩子们吵醒列那，一边做着家务，一边看着他们。屋里显得舒适、温馨、平静。

　　这时，一阵沉重而有节奏的脚步声打破了沉寂。勃伦在屋外不停地徘徊，希望能找到城堡的入口。

　　他到底该粗鲁地破门而入逮捕犯人呢，还是该礼貌地将这位男爵请到朝堂去？勃伦犹豫不决。

但当他看到那扇矮矮的小门时，便决定还是先礼后兵，毕竟列那至今还没被正式定罪。

"列那，"他对着矮门叫道，"国王的使者狗熊勃伦来传达圣旨了，你快出来接旨，国王下令让我立即把你押送到他面前。"

列那并没有真的睡着，他早就听到勃伦沉重的脚步声在屋前徘徊。他心知肚明狗熊的来意，一直在考虑该如何应付他。当勃伦开口时，他早有准备，因此毫不惊慌。

勃伦等了一会儿，见里面没有反应，于是他又叫了起来。

"快一点，列那，别让国王久等。很多人都向国王告状，说你谋财害命、无恶不作。现在事态紧急，你可能要被判处极刑，被推上绞架（勃伦的话暗示了列那所犯罪行的严重性）。"

列那这时大声说道："哎呀，其实我昨天就想到王宫晋见国王的。真不好意思，伙计，让你这么大老远地跑来，辛苦你了。但你来得可真不是时候，我现在可是重病缠身啊。"

"病了？"勃伦问道，"什么病呀？"

列那故意痛苦地呻吟起来，然后用虚弱的声音说道："唉！都是天气惹的祸。我生病不能外出觅食，已经饿了很多天了。现在我是饥不择食，什么东西都能吃得下去。唉，这些不开心的事我先不说，我首先要好好感谢你，因为只有你上门来看我。能见到国王身边最得力的助手，我真是三生有幸啊！"

勃伦对于列那那些蛊惑人心的吹捧之词无言可对。还好他想起诺勃勒说过列那是多么的奸诈狡猾，才没有被列那的花言巧语所迷惑。

这时，列那下床从一扇隐蔽的小门走了出去。他没有从大门出去，是为了绕过屋里那些为逃命和诱敌所布置的陷阱。列那突然出现在狗熊的身边，让狗熊大吃一惊。

列那说道："啊，狗熊大人，欢迎，欢迎！我已经做好准备，随时可以上路了。虽然我身体不太好，但真高兴能和你一起旅行。"

"你这段时间究竟吃了些什么，才会变成这样呢？"狗熊勃伦有礼貌地问。

"不过是些蜂蜜！"列那回答道。

"蜂蜜？"勃伦听到蜂蜜很是兴奋。

"是啊。真不知道这世界上怎么会有人喜欢这种东西，如果不是饿得难受，像这种讨厌的东西，我是宁死也不会吃一口的。"

勃伦不停地念叨着"蜂蜜"这两个字，口水都快滴下来了。终于，他忍不住对列那说道："列那，蜂蜜可是世界上最令人着迷的食物呀。谁要是能让我吃到蜂蜜，我愿意为他做任何事。"

他对列那的态度突然一百八十度大转弯，变得亲切起来。"唉！"列那说，"就是那些蜂蜜害我生了一场大病。虽然邻居待我很好，经常在我的食物上放上许多蜂蜜，我却对它提不起丝毫兴趣。"

勃伦赶紧说道："啊，列那，我爱吃蜂蜜那可是出了名的。你怎么能那样说呢？蜂蜜可是世界上最美味的食物！你能告诉我哪儿能找到蜂蜜吗？假如你能告诉我，我们就可以像朋友一样相处。你遇到困难我也可以提供帮助，鞍前马后任你使唤（勃伦受到列那的诱惑而不能自拔，为下文寻找蜜蜂做了铺垫）！"

"你想要多少蜂蜜呢，亲爱的勃伦？"列那说，"我知道一个地方，那里有着吃不完的蜂蜜。让我带你去吧！"

"快，快带我去吧！"勃伦急切地说。

"可是，国王……"狡猾的狐狸装腔道。

"国王的事不急在一时！更何况，现在你是我的朋友，我会在众人面前支持你的，其实你到现在还没有被正式定罪呢！快带我去找蜂蜜吧。"

列那领着狗熊勃伦出发了。

他们朝一个农庄走去。农庄的主人名叫朗夫瓦，是个富裕的农民。列那曾经和这个农民打过几次交道，因此认识他。

黄昏时分，朗夫瓦已经回到家了。农庄里非常安静。列那和勃伦走到一堆大树干前，那是朗夫瓦砍下准备拿出去卖的。

其中一棵大橡树的树干上被砍出一条长长的裂缝。为了不让这条裂缝长拢，伐木人在裂缝的两端分别钉上了一个楔子。

"看，就是这儿，"列那一边指着这段树干，一边温和地说，"这个树缝中藏着许多蜂蜜。你只要把嘴伸进去就能吃到。别害怕，伙计，蜜藏得很深，你伸得越靠里面，吃到的蜜就越多。那些蜂蜜比你以前吃过的要好吃一百倍！"

勃伦这个贪吃鬼，此刻完全忘记了列那是何等的狡猾奸诈。

他一想到蜂蜜就得意忘形起来，根本不需要列那再耍什么手段来推波助澜。现在他已经把自己的大脑袋伸进大树的缝隙里了。他伸得很深，连肩膀也塞进去了。列那趁机把撑着树缝的楔子拔出来，一个，两个，勃伦的脑袋被卡在了树缝里（列那用诡计将勃伦困在树缝里，表现出列那的阴险，也为下文勃伦受伤做了铺垫）。

"多吃点，伙计！"列那得意扬扬地说，"可别撑坏了肚子，东西再好吃也要懂得节制！勃伦，你快点吃，我就在这附近等你，等你吃完你最爱的蜂蜜，我们再一块儿上路。"

狗熊勃伦没等列那说完就疼得哇哇直叫。现在，他好像被铁钳夹住了一样，感到既疼痛又惊惧，仿佛末日降临，他发出了雷霆般的咆哮。

朗夫瓦听到狗熊的怒吼，便拿着斧子，带着仆人跑了出来。列那可不会空手而归，他顺手牵羊偷了一只肥嫩的母鸡当作晚餐。他想："现在我不仅晚饭有了着落，还摆脱了这个笨蛋的纠缠。那位国王陛下再也见不到他的使臣了，随着时间的推移，他对我的怨恨也会渐渐消失，一切都会过去，世界还是那么精彩！"

为了庆祝今天的成功，列那带着母鸡来到一条清澈的小河边，舒舒服服地坐下来品尝美味。当他吃下最后一块鸡肉时，小河中突然漂来一块巨大的东西。"怎么？难道是我眼花？这不是狗熊勃伦吗？"列那不敢相信，揉揉眼睛道："他竟然能从树缝和伐木人的斧头下逃出来，真不简单！"

"不错，当然是他，虽然他掉了一块头皮，缺了一只耳朵，嘴里淌着鲜血，模样恐怖吓人，但我还是能认出他来。他化成灰我也认识。那个朗夫瓦怎么会这么没用？"列那心想，"我已经送货上门了，他却不知把握机会。要知道这样的好货是可以让他足足享用一个季度的呀。这样也能让他跑了，真是个笨蛋！"

"朋友，你怎么啦？"他幸灾乐祸地向狗熊叫道，"那些蜂蜜你觉得好吃吗？我一直在这等你呢，没想到你比我预料的要来得早。你这是怎么啦？难道遇上蜜蜂了？脑袋怎么这么奇怪？还有手，怎么那么红，黑手套也不戴了？哦，你杀死了朗夫瓦！这可真是奇迹！"

狗熊勃伦强忍屈辱和痛苦一言不发，只是任由自己的身体随波逐流，让清凉的流水抚慰他疼痛的身躯。

原来列那走后，可怜的勃伦听见朗夫瓦和他的仆人们应声而出，于是使出浑身力气想挣脱树干的钳制。但由于挣扎得太过用力，虽然最后成功脱离了树缝，却变成了现在这副模样（暗示勃伦现在的窘迫和受伤的严重程度）。

勃伦一心想逃脱，于是不顾一切地跳进了河里，一直漂到了列那的视线范围内。他继续向前漂着，在列那的嘲讽声中渐渐远去。现在他要考虑的是，该如何向国王交差。

阅读鉴赏

文中通过动作描写、神态描写等手法，生动地表现了列那凭借自己的诡计捉弄狗熊勃伦的场景，体现了狗熊勃伦的愚笨和贪吃，也反衬出列那的奸诈，善于利用别人的性格弱点来捉弄别人。

拓展阅读

蜂　蜜

　　蜂蜜是蜜蜂从开花植物的花中采得的花蜜并在蜂巢中酿制的蜜。蜜蜂从植物的花中采集含水量约为 80% 的花蜜或分泌物，存入自己第二个胃中，在体内转化酶的作用下经过 30 分钟的发酵，回到蜂巢中吐出，经过一段时间，水分蒸发，成为水分含量少于 20% 的蜂蜜，存贮到巢洞中，用蜂蜡密封。

梯
培
执
行
王
命

导 读

　　狗熊没能完成国王的使命，狼狈而归，还搞得全身是伤，狮子国王知道后义愤填膺。于是，他选择了精明能干的公猫梯培作为使臣，再次捉拿列那，这次梯培能否顺利完成任务呢？

　　很长时间没有狗熊勃伦的消息了，国王和他的大臣们还等着列那被带回来受审呢！可是日子一天天过去了，勃伦和列那依然音讯全无。这天，国王在宫里午睡，听到宫外传来一阵长长的叹息声，便带着好奇心出去一探究竟。

　　国王看到狗熊勃伦——他忠心的使臣竟然全身是血、遍体鳞伤地站在那里时，他惊呆了。<u>看到勃伦的嘴巴溢满鲜血，耳朵只剩一只，身上沾满污泥，所有的大臣都对他深表同情</u>（从侧面表现了人们对勃伦的同情之心和对列那的痛恨之情）。

　　勃伦一见到国王就大喊起来："陛下，您看啊，那只阴险毒辣的野狐狸把我弄成什么样了！我还以为自己再也见不到您了，英明的国王陛下！我历经磨难，九死一生，好不容易才能活着回来复命。我发誓，我一辈子都不会原谅他！"

国王说："我也饶不了他，他坏事做尽，这次还抗旨不遵，罪加一等！勃伦，我亲爱的使臣，你赶快到鼹鼠古尔特夫人那儿，让她给你看看吧！她的草药会对你的伤口有帮助的，你好好休养一段时间，身体会慢慢好起来的，见到你被列那害成这副模样，我真的很痛心。"

勃伦去找古尔特夫人后，国王立刻召集了几个忠臣商讨对策。他说："请大家推荐一下逮捕列那的人选！我们应该找一个机警能干的大臣来对付他。"

公羊倍令牧师提醒道："陛下，对付列那，机智是首要条件，使用蛮力是制服不了列那的。但要找到一个比列那更机智的人又谈何容易，简直是大海捞针。"

"或许可以找公猫梯培。"一位大臣建议道。

梯培听出来这是雄狗柯尔特的声音。

国王诺勃勒说："嗯，梯培确实是个上佳人选，说到机智，梯培比起列那有过之而无不及。"

"陛下您看，我不仅个子矮，身体也很柔弱。"梯培边走边推托，仿佛在向大家证明他真的是又矮又柔弱，顶不了用（表现了公猫对这个差事的不情愿、不乐意的心理）。

诺勃勒却说："这虽然是事实，但我们现在比的是机智，不是力气。梯培，你既聪明又能干，只有你才能对付列那。现在我命令你去马贝度城堡，负责把列那给我带回来。梯培，这趟行程毫无疑问会遇到许多艰难险阻，列那会用尽一切办法，要尽各种手段来阻止你完成任务。所以，聪明的梯培啊，此去你一定要加倍小心，千万不能有一点大意啊！"

梯培见国王主意已定，只好勉强答应道："遵命，陛下！"然后不情愿地出发了。

梯培一直相信只要有鸟飞在他右边就会有好事发生，寓示着他将事事如意（此句承接上文，并引起下文小鸟的出现）。

而这次他刚走出王宫，迎面就飞来了一只小鸟。

梯培把双手交握成一个传声筒，套在嘴巴上喊道："喂，朋友，能帮个忙吗？请你飞低一点，飞在我的右边吧。"

仁慈的小鸟落了下来，却飞错了方向，落到了梯培的左侧，给他原本就不平静的心更增添了波澜（揭示了公猫梯培此次出行凶多吉少，引发了人们的联想）。

但王命在身，容不得他退缩。于是，梯培鼓足了勇气，大步前进。当他来到马贝度城堡时，列那正在城堡前的门槛上纳凉，那样子就好像一个在外劳累了一天的普通平民，正在享受餐前的一点空闲。

海梅林和孩子们在厨房和客厅间不停地穿梭忙碌。

这个坏事做尽的家伙，家庭生活却非常幸福，那温馨的场面差点让梯培忘记自己来马贝度城堡的目的，他情不自禁地对着城堡内的人弯腰致敬。

列那一见梯培，立刻就猜出了他此行的目的，于是连忙招呼道："嗨，亲爱的兄弟，我的老朋友，晚上好！"

梯培一听到列那说话的口气，就知道他又在施展他的花言巧语了。他想到自己的使命，立刻清醒了过来，只听他严肃地说："列那，我是来带你走的，伟大英明的国王陛下让我劝你尽早接受他的传唤，入宫待审。列那，实话跟你说，现在你已经是众矢之的了，罪状数也数不清。国王现在亲自审理这些案子，你还是趁早想想看该怎么为自己辩护吧。昨天，狗熊勃伦奄奄一息地回到王宫，你可又多了一条罪状（侧面展现了列那的狡猾残忍）。"

列那说："狗熊勃伦贪得无厌，他想吃蜂蜜，让我带他去寻找，不管我如何劝告，他都不听。最后要不是有我帮忙，他恐怕早就没命了。亲爱的梯培，勃伦在路上从来不等我，跟他一起上路让我心情十分糟糕，后来他为了找蜂蜜闯了祸，我为了保命只好独自逃跑。但是你不一样，这一路上能有你陪伴，我感到十分荣幸，我愿意跟你走，这是一次难得的机会！"

梯培说："那太好了，我们上路吧。"

"现在就走吗？现在还是深夜啊。"列那似乎非常惊讶，"我的朋友，要知道赶夜路是很危险的啊！有些人在白天常常是笑脸迎人，可是一到夜里就凶相毕露，变成了另外一个人。梯培，我们真的不能在夜里出发！即使我再怎么渴望和你一起上路，也得忍到天亮再动身。来，咱们先填饱肚子，再好好休息一下，明天一早就出发。"

梯培马不停蹄地赶了一天的路，也的确累坏了。他觉得这是个好提议，便没有再反对。

"就依你的吧，"梯培一边揉着脚踝一边说道，"这个建议对我现在的处境很有帮助，我奔波劳累了一天，现在实在是又饿又困。列那，咱们明人不说暗话，我就不拐弯抹角了，你打算用什么样的美味佳肴来招待国王的使者呢？"

列那回答说："你也知道，我现在改吃素了，我觉得素食真的很不错！所以。我特意为您准备了一些新鲜的蔬果……"

梯培被列那的话气得七窍生烟，他怒吼道："你明明知道我最讨厌蔬果了，还给我准备这些，难道你这儿就没有母鸡、腌鸡之类的东西吗？"

"朋友，你这可真是难倒我了，我这儿的确没有那些东西啊。"

"好吧，你吃你的素，给我弄几只老鼠来好了，那也算是一顿丰盛的晚餐了。"

"啊！"列那惊喜地说，"我的邻居是个农户，他的谷仓里堆满了麦子，他总是跟我抱怨老鼠糟蹋粮食，昨天我还听到他的咒骂声。如果你能为他清除鼠患，那真是再好不过了。他家离这儿很近，我知道有个洞口可以进出他家，通过这个洞口，你就能痛痛快快地饱餐一顿了。"

那家农户的门下面的确有一个洞，而且这个洞是列那亲手挖的。列那常常这样潜进农户家里偷走美食，他甚至还偷了农户儿子心爱的公鸡。

他很清楚，那个农户的儿子在失去挚爱的公鸡后非常伤心。于是当他发现那个洞后，就在那里设了个机关，希望能捉住那个可恶的小偷。

列那把梯培带到农户的家门口，说："你看，我们的运气多好啊，你只要从这个洞口进去，谷仓里成群的老鼠就全都是你的了，你吃饱后，再来找我吧。"

梯培说："可是，等我吃饱就已经是深夜了，我干脆就在谷仓里睡一晚吧，免得打扰海梅林夫人，这样你也不用特地为我准备床铺了，一举两得。"

列那连忙回答道："你就慢慢享用吧，我一定会等你的；你吃饱了，我再带你去休息，海梅林早已为你准备好了床铺，我们只有养足了精神，明天才好赶路啊！"

梯培听了列那热情而诚恳的一番话，还是放松了警惕。他朝列那告诉他的那个洞口走去，然后钻了进去。然而，他的头刚钻过洞口，一根从天而降的绳索便套住了他的脖子（表现了梯培的贪吃，为了食物放松了警惕，从而中了列那的圈套）。

一阵悲戚的猫叫声响彻了整个夜晚。农户的儿子欢欣鼓舞地说："我抓住狐狸了，爸爸，快啊，我抓住狐狸了，我们去打死他。"

梯培看见这家的主人穿着睡衣，拿着棍棒、铁锹等武器向他跑来，以为这次必死无疑。

突然，有人拿着斧头向他砍来，幸运的是斧头没有砍到梯培，反而砍断了勒得让他喘不过气来的绳子。重获自由的梯培伸出爪子，疯狂地扑上前去，抓伤了那个砍他的农民，农民疼得大声尖叫。

梯培没想到自己竟然能逃脱，抓住机会便慌慌张张地逃出了洞口。

可怜的梯培，结果还是和狗熊勃伦一样灰溜溜地逃回了王宫。看到梯培狼狈的样子，国王的愤怒达到了极点。

他恶狠狠地说："这只可恶的狐狸！昨天才害得勃伦头破血流，今天又对梯培下这样的毒手。传我口谕，今后谁能把列那的头颅带来见我，我一定重重有赏。对列那也用不着再审判了，只要抓到他便直接就地正法。"

猪獾葛令拜躬身道："陛下，请再给列那一次改过自新的机会吧。"

"好吧，"国王说，"既然你三番五次替他求情，这次就由你去传唤列那。我给他最后一次申辩的机会！"

葛令拜带着王命踏上了征途。

阅读鉴赏

文章通过设置悬念，又一次展示了公猫梯培被列那陷害的情景。狮子国王传唤列那的故事也是一波三折，跌宕起伏。

拓展阅读

老　鼠

老鼠是一种啮齿动物，种类多，全世界现有450多种。老鼠是现存最原始的哺乳动物之一，它们生命力旺盛，繁殖能力强，适应能力很强。老鼠夜间活动，它嗅觉灵敏，善攀爬、游泳，吃的食物很杂。

葛令拜传讯列那

导 读

　　猪獾葛令拜一路狂奔来到列那家，列那心惊胆战不敢开门，直到葛令拜说明了来意，才让他进了屋子。列那一家热情地款待着葛令拜，这一夜他们谈得如何呢？葛令拜的使命完成了吗？

　　为了尽快完成任务，葛令拜抓紧时间一路飞奔。列那听到风声，以为情况对他不利，连忙关上了大门（通过列那的反应，表现出他的心虚以及反应的敏锐）。

　　葛令拜拍着门叫道："快开门，我的好表弟！我是来帮助你的，我有很多话要跟你说，也有很多事要找你商量。"

　　列那终于开了门。他把爪子搭在葛令拜的肩上，开心地说道："商量之前还是先吃饭吧。海梅林正好做了几只腌鸡，是按祖传秘方烹调的，我们边吃边聊。"

　　虽然葛令拜急于回去复命，但也经不住美食的诱惑了。他想：吃顿饭耽误不了多少时间，况且欲速则不达啊！我正好可以趁吃饭的时间好好劝劝列那。想到这里，他便随列那在饭桌前坐了下来。

　　海梅林夫人的手艺的确不错，腌鸡做得十分鲜美。吃饱喝足后，兄弟俩便交谈起来。

葛令拜跟列那分析了现在的局势，强调了问题的严重性，并告诉他国王十分重视群众的诉状，狗熊勃伦和公猫梯培又向国王汇报了情况，一切都对列那很不利。

"我的好表弟，"葛令拜说，"你应该站出来为自己辩白。谁都知道，审判时控辩双方哪一方不在场，错就归于哪一方。欲加之罪，何患无辞？你若不在场，人家就可以随意添油加醋地抹黑你，表弟，你去得越晚，形势对你就越不利，你迟去一分钟，就多了一分增加罪状的机会。国王本来对你很有好感的，可你一直抗命不从，这让他十分愤怒。我们快走吧，一路上还可以想想怎么为自己辩护。"

"好吧！"列那说，"你说得很对，我明白你的意思了，我善良的表兄。不过，现在时间反正还早，我们可以先休息一下，等到黎明再动身（表现出列那知道自己难逃审问而尽量拖延时间，体现了他狡猾的本性）。"

葛令拜不便勉强，只好同意。

这一晚，他们都沉浸在浓浓的亲情中。列那向葛令拜谈起他两个孩子的英勇事迹，语气中透露出对他们的期许。马尔邦什已经学会捉母鸡了；贝尔西埃竟能跳下水去，灵巧地捉住一只鸭子；小儿子鲁赛尔虽然还躺在妈妈的怀里，但从他机警的小眼睛里可以看出，他将来一定不会比两个哥哥逊色。

"列那，你有一个幸福美满的家庭。"葛令拜说，"他们很快就能成为你的好帮手了，你该多高兴啊，所以，你也该知足了！"

"是啊。"列那回答道，"他们前程似锦，我也觉得欣慰。夜深了，葛令拜，你也累了吧，好好睡一觉，明天才会更有精神。"于是，葛令拜便回房间睡觉去了。

列那趁葛令拜睡着后，跟海梅林仔细交代了一番。

他对妻子说："海梅林，明天我要和葛令拜进宫接受国王的审判。如果我不幸被他们扣留了，你千万不要难过，也不要为我担心，我会尽力为自己辩护的，但可能需要一些时间，你要照顾好孩子们。家里的粮食够你们吃上几个月了，但你还是要让马尔邦什和贝尔西埃找机会出去打些野味，因为我们可能不久后就只能躲在家里，不能出门了，所以要储备充足的食物。"

"亲爱的，你要保重身体。"海梅林说，"你要提防敌人的袭击，因为一旦入了宫，他们就离你更近了，我们会一直等着你回来团聚的。"

谈了一会儿，他们就沉沉地睡去了。

第二天，天刚亮，列那就和葛令拜一道上路了。

列那一直默默无言地走着，过了一会儿，他终于开口说道："我的确有错，我应该好好反省自己，现在我向你忏悔，葛令拜。我是捉弄过叶森格伦，但是这笔账现在已经还清了。而且我这样做也只不过是为了弄点食物，好让自己能生存下去。虽然我们不是为了战斗而活，但活着就必须战斗。如果你不是那个最强壮的，就应该是那个最狡猾的。生活就是这样一场尔虞我诈的战争！也许，有时候我应该表现得仁慈些，不去用过激的言行触怒我的敌人或者朋友，不把他们整得惨不忍睹，但有些时候，机会是可遇而不可求的。我不是圣人，但我向往成为圣人。即使我做不了圣人，至少也想成为一位隐士。我已经看透了人性的险恶，如果这次大难不死，我会躲进深山里去吃斋念佛，啃树皮充饥。从现在开始，我决定放弃以前的那种生活方式，再也不吃肉了。"

"你能真心悔改，我真的很高兴，"葛令拜说，"我相信，看到你这样，国王会改变想法的。"

这时候，葛令拜突然停了下来，在一个岔路口前犹豫不决（葛令拜的犹豫为列那提供了机会，也为下文列那的凶残行为埋下伏笔）。

"走那边吧，"列那指了指右边那条道路，"那条路风景优美，我还可以顺便看看那片熟悉的农场。"

狡猾的狐狸没有告诉葛令拜他为什么会熟悉这片农场，他也不会说出自己屠杀那些母鸡的罪恶行径。葛令拜跟在列那后面，听他诉说自己在修行上的宏图大志。听完列那的想法，葛令拜简直对他刮目相看，并对他良好的愿望大加赞赏。

就在这时，几只母鸡慌慌张张地叫唤着从鸡窝里出来，向不远处跑去。一只年轻大胆的公鸡跟在她们后面，他的冠子长得特别突出，言语傲慢，行为鲁莽，爱慕虚荣。这对我们这位刚刚还声称要改变信仰的人来说真是个诱惑。他几乎是本能地扑了上去！一下子就把公鸡的羽毛抓得七零八落，吓得公鸡惊惶失措。但也许他只不过是想教训一下这个傲慢的家伙。

葛令拜急忙制止了列那的暴行，他生气地喊道："啊，表弟，你的行为和刚才的誓言截然相反，干出这样的事你不感到羞耻吗？难道你就不能改改自己的恶习吗？只不过是一只小小的公鸡，就让你丑态毕露了！"

"唉，你看我这记性，"列那说，"这不过是个玩笑，我绝不是故意的，你一定要相信我，亲爱的葛令拜表兄。"

列那看到庄园里阉鸡成群、母鸡结队，已经垂涎三尺了；然而，他很快就露出惭愧的神色，对自己的想法感到羞愧。这使善良单纯的葛令拜再次原谅了他。

一路无事，他们加紧赶路。田野上看不到家禽，列那也就没有了失态的机会，行为举止一直都很检点。

走啊，走啊，他们终于走到了国王的宫殿面前。列那感到心里既烦躁又慌乱，因为他知道现在的形势对自己非常不利（通过对列那内心状态的描写，表现出他的心虚）。他能够躲过这场灾难吗？

阅读鉴赏

文章通过场景描写、语言描写、外貌描写等手法，形象地刻画了列那虚伪、奸诈的本性，一次次巧舌如簧地欺骗葛令拜的狡猾行为，从侧面表现了葛令拜多次被蒙骗，又多次原谅列那的单纯和天真的性格特点。

拓展阅读

猪獾

猪獾是鼬科猪獾属的中型哺乳动物。体长可达 70 厘米，褐色毛，身体粗壮，喉部白色，面部有两条黑色的条纹。猪獾主要分布于南亚的热带雨林中，与獾相似，身体略小，前爪则更大，利于捕食。猪獾是杂食性动物，在夜间活动，以小动物、玉米、小麦等为食。

列那庭辩

导　读

　　列那终于被猪獾葛令拜带到了法庭，大家翘首以待，都想知道狮子国王是如何审判他的。但列那的表现令在场的所有动物大吃一惊，他"大义凛然"地站在会场中间，沉着冷静地为自己做着辩护，最终结果如何呢？

　　有人见到猪獾葛令拜和列那结伴而来，便议论纷纷，接着消息便传开了。大家争先恐后地跑来，人人都想看看狮子诺勃勒将怎样审问犯人列那，他们每人都想发言，结果却你推我挤拥成一团，他们来的目的只有一个，就是趁这个机会痛快地羞辱列那一番（表现了动物们想知道列那会有怎样下场的急切心情）。

　　列那看到敌人蜂拥而来，把他团团围住，却并不害怕，反而威严地抬起他高傲的头颅，镇定自若地挺起胸膛走到国王诺勃勒和王后菲耶尔夫人的面前。他就像一位举止优雅的大臣。

　　他对着国王恭敬地行了个礼，然后说道："陛下，请原谅我没能及时赶来。因为这几天，我一直卧病在床，不宜赶路。但是，陛下，请您一定要相信我对您日月可鉴的赤胆忠心。正是因为我的这份忠诚，才让那些阴险小人对我嫉恨不已。我那善良的表兄葛令拜已告诉了我宫里的情况。听说控告我的罪状已经在您脚下堆积如山了，陛下，我要和他们当面对质，并以此来洗刷冤屈，证明自己的清白。"

"列那，你很会说话，这不止我知道，人人都知道的。"国王用尖锐的语气说道，"我不想听你狡辩，只想了解真相（此处的语言描写表现了国王的威严和明智）。"

列那反驳道："口说无凭，陛下可以随时考察我的行为，希望您能够答应我的请求。"

"可我怎么在你所谓的忠诚里面找不到服从和尊重呢？"国王对列那还以颜色，"我派遣使者给你传话，可你却弄得他们狼狈不堪。狗熊勃伦是这样，公猫梯培也是这样。看看你的杰作，他们脸色苍白、面容憔悴，甚至还裹着绷带，这都是你一手造成的。"

"可是，陛下，"列那有点激动地说，"总不可能让我代人受过吧。狗熊勃伦喜欢吃蜂蜜，我就好心地把他带到一个有蜂蜜的地方，因为我觉得这是我作为主人该做的。谁知道他得意忘形，轻率地把脑袋伸进树缝里，然后就拔不出来了。我难道有错吗（突出表现了列那巧舌如簧、阴险狡诈的本性）？

"至于公猫梯培，我不仅热情地邀请他吃晚饭，还留他在我家过夜。可他非要吃肥嫩可口的大老鼠，于是我好心给他带路，但我哪里知道那个狡猾的农户会在洞口装上机关呢？他被捉住实在是个意外。

"我把他带到那里以后，就一直守在外面等他出来，想带他一起回去。但是，他被捉住以后，我也要保命啊，自顾不暇也就没办法去救他啦。

"陛下，他们两人都是因为贪吃才会变成这样，根本怨不得我啊！"

菲耶尔夫人似乎也很认同列那的说法，在一边频频点头。

国王明智地避开了这个话题，说道："我们还是谈谈更早发生的一些事吧。列那，我收到了你那么多的罪状，牧师都已经记了好几张纸了。仅雄狼叶森格伦一人就揭发了你数百条罪状。"

"他在捏造事实，陛下。"列那不客气地打断了国王的话，"从没见过像他那么无耻的家伙。就算让我去死我也要和他来场决斗。虽然我们谈不上有什么血缘关系，但我一直真心地把他当舅舅看待，尊敬他，爱戴他，可他却没当我是外甥。陛下，请您答应我临死前的这个小小的要求吧。我要和他决斗（表现了列那不服的心理，为下文的决斗做了铺垫）！"

"行。"国王说，"但我这里还有雄狗柯尔特、松鼠卢索、白颊鸟梅赏支、小鸟特洛莱、乌鸦田斯令、野兔科阿尔、海狸邦赛等人对你的诉状。因为人数众多，我就不一一列举了。也许让我说出没有控告你的人会更容易些。"

"列那，还有最后一个人也要控告你，那就是向特格雷。他说你害死了可怜的柯珀，她的墓碑就立在这里，不仅如此，你还草菅人命，害死了他的许多孩子。"

"陛下，"列那回答道，"我承认，那些公鸡和母鸡对我有着极大的诱惑力，可这完全是出于我的本能。对他们，我已经拿出了自己最大的宽容心和忍耐力，我是那样地爱着他们，同时又恨着他们，但这是我的天性，天性是不能违背的！我讨厌他们老是大惊小怪地惊声尖叫，讨厌他们为了虚构的敌人一边跑一边练习学飞，这些都使我感到恶心。我还讨厌他们老是摆出那副趾高气扬、自以为是、傲慢无礼的姿态。他们总以为自己有多么了不起，但其实只不过是些头脑简单的蠢蛋。陛下，虽然我是如此讨厌他们，但我却本能地热爱着他们鲜嫩多汁的肉体和那一咬就断的细骨头，他们的肉体和骨头会令我发狂。这两种感情常常在我脑海中交战，只有当我的本能战胜了理智的时候，我才能在爱与恨之间找到平衡点，我的脑袋才能休战。我坦率地向您承认，在这个世界上再没有什么能比咀嚼公鸡、阉鸡和母鸡的身体更让我快活的了。至于其他控告者，他们有的是因为贪婪，有的是因为贪吃，有的是因为愚蠢，还有的甚至是因为运气不好，才会让自己狼狈不堪的（几个排比句一气呵成，通过列那之口表现了其他动物被捉弄事出有因）。

"今天这些人也趁机来这里攻击我，说实话，陛下，这对我来说是非常不公平的。因为他们其实和我一样，完全有能力通过自己的判断来进行自卫。叶森格伦在冰冻的池塘中被猎人割断尾巴，能怪我没有守在他旁边，没有告诉他捉鳗鱼要适可而止吗？他因为好奇想看看我在干什么而掉到井底，能怪我没有阻止他吗？他自作自受，又怎么怪得了别人（三组反问句加强了句子的语气，同时也突出了列那巧妙地为自己开脱的狡猾行为）？而梯培会被面包箱压断尾巴，那完全是因为他贪吃奶油，导致身体太重跑不动造成的。他应该不会否认是我在没有得到丝毫好处的情况下帮助了他吧？更何况，他还从我那里抢走了一根香肠……"

"那根香肠是我的，是我的……"雄狗柯尔特打断列那的话，叫了起来。

"谁先拿到手就是谁的！"列那教训道。

"另外，野兔科阿尔的抱怨和海狸邦赛的大惊小怪都是毫无道理的，小鸟特洛莱的妻子埃尔蒙特为了查看我是不是还活着，几乎要啄瞎我的眼睛，难道这样我还能容忍吗？陛下，您一定要理解我。我的小儿子鲁赛尔不过是个不懂事的孩子，而且他只是因为贪玩，才从野兔那里拿了一颗樱桃。可就因为这个，他遭到了残忍的对待，我又怎么能眼睁睁地看着那只贪婪的兔子欺侮我的小儿子而不采取任何行动呢（反问句表现了列那对儿子的爱，同时也表现出列那的狡猾和善于诡辩）？"

列那说完这番话，周围议论声四起，这些声音全都传到国王的耳朵里。国王和菲耶尔夫人轻声地讨论了起来。

这时，叶森格伦走近了王座，对国王说道："陛下，列那又在狡辩了，您可不能上他的当啊！照他的说法看，刚出生的羊羔都没他清白呢！他就是靠那张舌绽莲花的嘴欺骗了我们大家，害大家遭殃。千万别相信他，陛下，否则朝廷的未来令人担忧啊！"

狮子诺勃勒转过头来对大胆进谏的叶森格伦吼道："难道你认为本王是个昏君，是非不分吗？还需要你来告诉我该怎么做吗？"

叶森格伦见自己触怒了国王，吓得一句话也不敢说了。

"我知道你和列那有过节，"国王说，"他的确仗着自己的狡猾和野蛮，犯下了不少罪行，这是毋庸置疑的。但你不同，对于在你身上发生的事情，我却完全同意他的说法，你们是半斤八两，实力相当。对于他的袭击，你完全有能力自卫！因此，我决定答应他的请求，让你们两人来一次决斗。我认为这是处理你们之间恩怨的最好方法。至于其他的控诉，我还要自己斟酌一下再做决断。"

阅读鉴赏

文中通过细节描写、反问、排比等手法，形象地为我们描绘了列那临危不惧，凭借自己的花言巧语"舌辩群雄"的场景图，突出表现了列那的巧舌如簧和机智勇敢，同时也反映了他的奸诈和狡猾。

拓展阅读

野 兔

野兔十分灵活，欧洲野兔能以每小时 72 千米的速度奔跑。成年野兔毛色比较暗，以灰色、蓝灰色为主，夹杂黄色，体背棕土黄色，背脊有不规则的黑色斑点。尾背毛色与体背面腹毛为淡土黄色、浅棕色或白色，其余部分是深浅不同的棕褐色。

列那与雄狼的决斗

导 读

叶森格伦轻装上阵，而列那却经过了一番精心准备，他们各自挑选了自己的公证人之后，生死决战就要开始了，究竟谁胜谁负呢？国王又是怎样判决的呢？

叶森格伦没有特别准备什么行头，只是简单武装了一下自己，便走进了角斗场。

列那却不同，他事先把头发剃了个精光，光秃秃的脑袋看起来十分扎眼，但也很精神（列那为决斗做了准备，暗示着自己处于有利的形势，为下文列那取胜埋下伏笔）。

角斗场上，雄马菲南和公牛布吕央早已准备好了一切，他们还同时担任这次角斗的指挥。

叶森格伦故意选了列那的仇人狗熊勃伦、公猫梯培、野兔科阿尔和公鸡向特格雷做自己的公证人。

列那则精心挑选了他的表兄猪獾葛令拜、雄鹿白里士美、野猪波桑和刺猬埃皮那为他做公证人。

森林里百兽齐聚一堂，都跑来观赏这场生死决斗。

雄马菲南安排好一切之后，决斗便开始了。叶森格伦仗着自己人高马大，自以为胜券在握。他下定决心要杀死列那，同时也觉得这是自己在国王面前显示能力的一次好机会。可是他想错了，诺勃勒并不希望列那出事。在他看来，即便列那有不对的地方，也不能全部归咎于他，他还是想要保住这只聪明机智的狐狸的性命。可决斗已经箭在弦上，不得不发了。国王不得不召来倍令牧师，让这两人对着牧师拿来的神龛起誓，以保证决斗公平公正地进行。

决斗开始了。列那显得信心十足，他在角斗场上竭尽所能地对叶森格伦冷嘲热讽。其实这样的讽刺，在这种场合似乎显得有些不合时宜，可当他看到叶森格伦被气得暴跳如雷时，顿时感到十分痛快。

叶森格伦首先发起进攻。他蓄势待发，摆出一副不是你死就是我亡的架势猛扑过去。可是，列那似乎早有防备，只轻轻一跃就闪开了，叶森格伦扑了个空，身体直接栽倒在地上，摔得骨头都快裂开了。列那怎么可能放过这个千载难逢的机会呢？他向叶森格伦发起了猛烈的进攻，他拳打脚踢，揍得叶森格伦晕头转向，当场昏迷。

当叶森格伦摇摇晃晃地从地上爬起来时，列那还陶醉在朋友们啧啧的赞叹之中（叶森格伦和列那两人的状态对比，表现出列那处于有利地位）。列那拔得头筹，不禁扬扬得意地挥舞着拳头，以讥讽的语气对叶森格伦说道："哟，我亲爱的舅舅，好像真理不站在你那边啊，你要是觉得丢脸，我们就别打了吧。"

"我就算被吊死也绝不会住手的。"叶森格伦大声喊道。列那见叶森格伦死不认输，便抓起一把沙子，向叶森格伦的眼睛撒去。叶森格伦疼得直叫唤，列那趁机又给他补上几拳。

列那似乎看到胜利女神正在向他挥手。形势对叶森格伦极为不利，可他宁死不屈。

列那照着叶森格伦的脑袋狠狠地捶了一拳，想快点结束这场战斗。没想到就在这千钧一发的时刻，叶森格伦却突然敏捷地张开了嘴巴，列那的爪子不偏不倚，正好落到了叶森格伦的嘴巴里。

叶森格伦哪肯松口，死命咬住列那的爪子不放。这次轮到列那厉声哭号了。

这一口咬得那么狠，叶森格伦以为可以就此了结，于是，他松开了口。

这时，国王突然宣布："好，决斗结束。他们俩之间的恩怨从此一笔勾销。我们该审理下一个案件了。"

阅读鉴赏

文章通过场景描写、语言描写、前后照应等手法，刻画了列那的机智狡猾，叶森格伦头脑简单、四肢发达，空有一身蛮力却不断地被戏弄，同时也体现了狮子国王对列那的包庇和偏袒。

拓展阅读

公 证 人

公证人指的是由政府的执行机构同意并且授权，继而执行见证签名、宣誓、核对文件、确认等众多特定职能的人员。公证人只能在公证处履行职责，并不具有独立性。

列那被处以绞刑

导　读

　　狮子国王本无意治列那的罪，但是他当场杀死耗子的行为激起了民愤，令国王忍无可忍，只好判他绞刑。然而在行刑之前，列那又编造了什么谎言来欺骗国王呢？

　　国王诺勃勒对是否应该对列那判刑举棋不定，可其他人却是一面倒地要求处死列那。因为他们都曾遭到列那的戏弄和陷害。也许，除了猪獾葛令拜以外，人人都对列那心怀不满。所以，只要有一个人带头向国王要求处死列那，其他人都会站出来支持。

　　列那紧张地等待着判决，他再也不能故作镇定了。忽然，他感到有一个东西与他擦脚而过。他低头一看，原来是耗子贝勒（巧妙地扭转了故事的焦点，为下文埋下了伏笔）。

　　贝勒紧张地说："大事不妙了，列那，他们决定要处死你。"

　　"但是，我现在还没死呢。"列那说。

　　"那你准备怎么办？"耗子好奇地问。

　　"这是个秘密，绝密。"列那说，"你想知道吗？你过来，我只对你一个人说，因为只有你是真的在关心我。"

贝勒相信了，傻愣愣地朝列那走去。列那等他走近，一口就咬死了他。

秃鹫莫弗拉看见了这一幕，立即惊声尖叫起来。大家都以为是他遭到了袭击，纷纷向他投来目光，但很快他们就发现了耗子贝勒的尸体（描述了列那杀害耗子的情景，体现了列那的阴险和残忍）。

狐狸又制造了一起命案，现在在森林里人人都感到惶恐不安。但自此以后，列那也许再也没有机会行凶了，因为狮子诺勃勒终于在这位无辜者的尸体面前果断地做出了决定。他指着列那说："绞死他！"

列那明白他这次真的是没救了。

叶森格伦积极响应国王的号召，立刻站出来为国王出谋划策。他对国王说："我曾在林子里见过一棵大树，应该很适合用来当作绞架。"国王诺勃勒接受了这个建议。

于是，国王命叶森格伦对列那执行死刑，这次勃伦自告奋勇（"自告奋勇"这个词突出了勃伦遭受列那捉弄之后，对列那的极度痛恨之情）地表示愿意充当叶森格伦的临时助手。

大家还想让梯培也加入，但梯培却显得过于谨慎，不想参与其中。他觉得只要看到列那被行刑就够了，用不着自己亲自动手。

然而，他却因为最擅长爬树而被大家推举出来负责系绞索。梯培无奈之下，只好到叶森格伦所说的那棵树上去系绳子。

就要行刑了。列那向国王请求，让倍令牧师记下自己的遗言。

倍令在他对面稍远的地方庄严地站着。菲耶尔夫人站在他旁边，她也想听听列那的遗言。

列那用并不太低的音量说道："我有一批财宝留给我的孩子们。其实我原本是打算把这些财宝献给国王的，因为我希望这些财宝能够充分发挥它们的价值，造福国家，而不是在我这样的人手中被埋没。但是，现在我要死了，可我的孩子们却还太小，他们还没有学会谋生的本领，因此他们需要这笔财富。现在我要把这个秘密告诉我的妻子海梅林……"

"等一下，等一下，"在菲耶尔夫人给国王打了个暗号后，国王突然

喊道，"列那，你刚刚说什么？我好像听到你提到了财宝？"

"是的，陛下，"列那说，"老实说，这可是一笔十分可观的财富啊。说出来会拖很多人下水的(为下文设置了悬念，增加了故事的曲折性和趣味性)。"

"拖谁下水啊？"

"我的父亲，还有我的亲朋好友，正是因为这样，我才一直瞒着不敢告诉您。像我这样高贵的人是犯不着撒谎的，但隐瞒真是一件令人痛苦的事，而要我亲口向陛下讲出自己如何从阴谋中解救您，却更让我痛苦。"

"什么？"菲耶尔夫人震惊不已，"什么阴谋？有人要造反吗？"

"对，就是国王和王后的反对派。幸好我已经粉碎了这个阴谋，所以国王和王后不必担心了。"

"谁是这个阴谋的主使？"诺勃勒焦急地问道。

"我的父亲算是其中一个吧。问题就是从他发现宝藏后开始的。那些埃梅里克国王遗留下来的宝藏让我父亲把灵魂卖给了恶魔。他从此变得专横跋扈，高傲自满，竟然有了另立新王的念头。请原谅我的不敬，陛下，但我知道，不管是谁坐上王位，都不会有您这样的远见卓识，所以最后他肯定要依靠我父亲，听凭他的摆布，狗熊勃伦就是我父亲想拥立的新王。叶森格伦和梯培也被他们拉拢了，他们秘密计划要杀死现任国王……"

"天哪！"菲耶尔夫人打断了他的话，"他们竟然想杀害我的丈夫！列那，你是这个意思吧？"

"正是，夫人！他们想杀死国王诺勃勒，谋朝篡位。要做成这件事，需要大量的资金做后盾，买凶杀人需要钱，另立新王也要钱，所以我才说那个宝藏是这个可怕阴谋的根源。一开始，我完全不知道有这一回事，但有一天，我看到海梅林回家后显得惊魂未定，就问她是怎么回事。结果她说自己是被刚听说的一件事给吓坏了(通过海梅林之口证实了动物们私藏宝藏蓄意谋反的事情，体现了列那的奸诈)。叶森格伦的妻子海逊德夫人在和我的妻子海梅林聊天时说漏了嘴，海梅林知道了他们意图谋害国王的计划，然后又把这件事告诉了我。我陷入了两难的抉择，不知道该怎么办。陛下，我虽然软弱无能，能力有限，但我还是决定要拯救我的国王、我的国家，并且要恢复我家族的声誉。我思来想去，终于想到一个最好的解决办法，那就是——断了他们的资金来源。没有了钱他们就什么都干不了了，但是宝藏到底在哪里，我怎样才能找到它呢？愿上帝原谅我的父亲，他知道我对陛下忠心不二，所以什么也没告诉我。然而有一天，当我躺在林子里，思考寻找宝藏的方法时，突然看到了父亲匆匆忙忙地跑过来，只一眨眼的工夫，他就钻进了灌木丛里的一个洞中，我立刻在那个地方做了个记号(这一段话为下文叙述自己找到宝藏并转移宝藏埋下伏笔)。我没有跟进去，就在原地等着他，我不想让他因为看到我而感到尴尬、难堪。他很快就从洞口出来了，然后又小心翼翼地把入口堵上，一切都恢复了原样。这次我终于下定决心去一探究竟。我已经知道了宝藏的位置，掌握了粉碎这起阴谋的关键。于是，当天晚上，我根据自己的记号，又找到了那个洞口，并小心翼翼地走了进去。洞里的宝物堆得比小山还高，我花了很长时间，来回跑了几百趟，才把这些宝物转运到另一个隐秘的地方藏起来了。从那以后，除了我就再也没有人知道宝藏的下落了，那起阴谋也因为没有资金而被彻底粉碎了。不久之后，我的父亲就去世了，是我让他的阴谋化为了泡影。他临死前曾把他所有的同党都召集起来开了个会，与会者有狗熊、雄狼、公猫、狐狸、猪獾等，总共加起来有几百人，甚至连拥护您的人也被请来了。这些谋反者企图用金钱收买他们，要他们改变立场(揭发很多动物蓄意谋反，照应了上文"会拖很多人下水"这句话)。可当一切商议完毕，双方达成共识，到了付钱的时候，我的父亲却垂头丧气、羞愧万分地跑出来说，宝藏不见了。那些人空欢喜一场，有种被人耍了的愤怒。最后所有反叛者都围攻起我父亲来，因为他没有遵守承诺。不久，有人发现他的尸体被吊在树林里。没人知道他是在灰心绝望之下选择了自杀，还是被人谋害了。父亲的死让我痛哭流涕，伤心不已。陛下，我敢说，当时我唯一的安慰就是救了您一命，从而让我们的国家免遭动乱。"

国王想了一会儿，然后悄悄征询了一下菲耶尔夫人的意见。

"凡事都要讲证据，"国王诺勃勒终于开口了，"列那，宝藏在哪里，你能告诉我吗？"

"当然。"列那说，"宝藏是我亲手埋藏的，地点只有我知道。如果我死了，这个秘密也将跟我一起永埋地底。但是陛下，我还有一个问题。要是我把宝藏告诉您了，我的妻子和孩子们就会失去他们的生活资金，要是少了这笔收入，他们该怎么活呀？"

"陛下，虽然我对您忠心耿耿，但您还是把我判处了死刑。我尊敬您，所以接受这一判决。"

狮子诺勃勒说："那是因为你没有说出这一切。现在，这案子还有待商量。"

"有了这笔宝藏，我就可以扩张王国的版图。如果能得到这笔财富，我为什么不能饶你一命呢（狮子国王反问的口气体现了他对宝藏的强烈需求）？你知道的，我一直不想处死你，列那。我是迫不得已才做出这样的决定的。"

"就凭这笔宝藏和你对我所表现出的忠诚，我完全可以赦免你的死罪。"国王站起来严肃地说，"这就是我和菲耶尔夫人商量的结果。"

菲耶尔夫人也点头表示赞成。

狮子诺勃勒继续说道："这样你应该没有什么顾虑了吧。现在，你可以告诉我宝藏的埋藏地点了吧？"

列那摸了摸脖子，总觉得有条绳子勒在上面。他说："陛下，我想，找宝藏必须小心谨慎，所以这事还得从长计议。我已经说过，这个宝藏数目庞大，难道您想要朝廷上下全都知道它的下落吗？狗熊勃伦、雄狼叶森格伦、公猫梯培对它觊觎已久了，他们肯定会趁机编造一些流言蜚语来诬蔑您的，就像当初他们诬蔑我那样（列那故意诬陷别人，表现了他的狡猾和奸诈）。"

"列那，"国王回答道，"你说得不错。但我有权知道这笔财宝的埋藏地点，也许我可以派两名亲信跟你一起去证实一下……"

"陛下英明，"列那说，"为了保险起见，这件事知道的人越少越好。"

国王高兴地说道："很好，那就这么定了。"

于是，国王派公羊倍令和兔子兰姆护送列那回家，然后让他们用口袋带回一些财宝作为证据。

阅读鉴赏

文章通过细节描写、设置悬念、场景描写、侧面描写等手法，描绘了列那以狡猾的手段欺骗国王，赢得国王的信任，获得国王释放的情景，体现了列那的卑鄙无耻、奸诈无比，同时也表现了狮子国王不辨是非、听信谗言、贪婪的糊涂行为。

拓展阅读

秃鹫

秃鹫又叫秃鹰、座山雕，泛指一类以食腐肉为生的大型猛禽。除了南极洲及海岛之外，差不多分布在全球每个地方。羽毛为暗褐色。秃鹫形态特殊，可供观赏，其羽毛有较高经济价值。

列那脱逃

导　读

　　刑场上，所有的动物都激动不已地等待着看列那被处死的情景，但是乌鸦田斯令却飞过来告诉大家一个令人灰心丧气的消息——列那被国王释放了。之后动物们都做了什么呢？叶森格伦和勃伦又看到了什么呢？

　　这时，在刑场上等候列那的勃伦、叶森格伦和梯培都兴奋不已，他们一想到列那将永远地消失在这个世界上，就不由得会心一笑（通过神态描写表现出他们因为列那得到应有的惩罚而兴奋的心情）。刑场上所有围观的群众也跟他们一样，为国王能够秉公办事、主持正义而拍手称快。他们交头接耳，议论纷纷，都有些迫不及待了。

　　梯培拿着绳子在树上等了很久，开始有些不耐烦了。

　　勃伦还是镇定地坐在附近的一棵大树下。

　　叶森格伦在大树下不停地徘徊，看上去有些激动。

　　其余那些看热闹的人，等了许久也不见好戏上演，只得叹着气打发无聊的时间。

　　就在这时，乌鸦田斯令匆匆飞到刑场。

　　他大声嚷道："一切都完了，我们错过了时机。"

“怎么回事？”大家不约而同地问道。

“列那被赦免了。”

“这不可能！”叶森格伦难以置信地怒吼道。

大家围着田斯令问东问西，田斯令让大家安静下来，然后说道：“事实就是这样，列那这个阴险的小人，不知道又对我们的国王和王后说了什么，竟然奇迹般地让他们回心转意了。我还看到国王亲热地挽着列那的手一起走到菲耶尔夫人面前，而且夫人还热情地朝列那笑了一下。我一得知此事，就赶紧飞来告诉你们。这绝对不是个好消息。你们这些人想置他于死地，可他现在又重新获得了国王的宠爱。我想，以列那的一贯作风，他肯定不会轻易放过你们的。依我看，你们还是赶紧回家吧，不要让列那再有机可乘，最后把为他准备的绳索套在自己的脖子上了。为了我这条小命着想，我要先走一步了。”

听了这话，大家乱作一锅粥（列那被赦免的消息让人们慌了手脚，暗示列那有仇必报的凶残和人们对他的惧怕）。那些看热闹的，为免惹祸上身，全都一哄而散。

梯培连忙扔掉了绳子，叶森格伦和勃伦感到匪夷所思，完全接受不了这种变化，他们准备结伴到王宫，去弄清楚情况。他们十分小心，到达王宫后先躲在一边暗暗观察，果然看到国王诺勃勒和列那的手臂交缠在一起，王后菲耶尔夫人脸上也笑容满面。而不远处的公羊倍令和兔子兰姆似乎也准备一起出去。驴子伯纳院长也在这时候适时地赶到了，他似乎准备回到修道院去。

但国王却在这个时候问道：“亲爱的院长，倍令和兰姆要护送列那回家，你愿意跟他们一起去吗？”

驴子伯纳也很想见识一下列那口中的宝藏，于是毫不犹豫地点头同意了。

勃伦和叶森格伦看他们谈得热火朝天，根本不敢靠近，只好夹着尾巴离开了。

就这样，列那他们四个一起向国王告别，踏上了那段令人惊心动魄的旅程。

阅读鉴赏

　　文章通过场景描写、动作描写、巧妙过渡等手法，着重描写了动物们听到列那被释放的失望心情以及害怕列那伺机报复的惊惧心情，也从侧面表现了列那的技高一筹，蒙骗了国王。让故事的发展又一次出现转机，由高潮又恢复到了平静。

拓展阅读

绞　刑

　　绞刑是死刑的一种，即用绳子勒死犯人。中国古代历史上，绞刑通常用于高官皇族，能给死者保留全尸。有一些国家处死平民百姓多用绞刑，而处死贵族则用斩首。

危险之旅

导　读

　　大家踏上了护送列那回家的艰难旅途，天黑没有地方投宿，他们来到了叶森格伦的弟弟普里摩家里，而普里摩恰巧不在家。当他回来之后会发生什么情况呢？之后他们的旅途又遇到了什么危险呢？

　　四个旅者为避免露宿森林，马不停蹄地向前赶路。兔子兰姆不喜欢夜间在森林里赶路，倍令和伯纳也一样。至于列那，他刚到鬼门关走了一遭回来，当然感到异常轻松，因此他快乐地在林中奔跑着（对比手法的运用，体现了列那激动的心情）。在黑暗中，倍令突然停住了，他说："该睡觉了，我可不想冒险赶路！"

　　"看，这些漂亮的大树和鲜嫩的小草正是为你量身定做的最好的温床！"列那说。

　　公羊倍令十分固执，他摇了摇头道："不，我决不睡在这里。我需要一间屋子，我要在屋子里睡觉。每到夜里，我就会担心那些豺狼虎豹会对我不利。"

　　驴子伯纳也非常赞同，他说："还是走吧，前面可能会有人家，咱们可以去借宿一晚。"

兔子兰姆一声不吭，害怕得直发抖。

列那说："啊，叶森格伦的弟弟普里摩就住在附近。虽然我以前和他因为一点小事闹了点矛盾，但他应该不会把我们拒之门外。再说倍令牧师是大祭司，兰姆是宫廷的使臣，伯纳是修道院院长，他当然不会拒绝拥有如此显赫身份的人。"

这时，伯纳院长说道："就依你说的吧。"总之，他宁可去陌生的狼家里做客，也不愿留在森林里面对未知的危险。

普里摩家的门没关，屋内空无一人。

他们一进屋，列那就立刻关上了大门，还把门反锁了。

他对其他三个说："现在，咱们可以安下心来睡一觉了。"

储藏室里的食物很丰盛，四个人毫不客气地吃光了普里摩家的全部收藏。

他们还喝了许多酒，然后在屋里唱起歌来。普里摩夫妇从外面回来，刚走到家门口，就听到屋里有人在唱歌，这使他们着实吃了一惊。他们试着推了推紧闭的大门，但根本没用，这让他们更加惊讶了。

普里摩夫人对丈夫说："你靠着墙壁把我举起来，让我透过窗户往里瞧瞧，看是哪些不长眼的盗贼闯进了咱们家！"

普里摩依言蹲了下来，让妻子爬上他的背。普里摩夫人看完后立刻滑下来，露出狰狞的笑容。

她兴奋地说："亲爱的，这真是个好机会，是列那，列那在咱们家，我们可以一雪前耻了（表现了普里摩夫人对列那的憎恨以及将要报仇的兴奋心情）。"

于是，普里摩在门外大叫："嘿，列那，快点开门，别耍花招，我要和你谈谈。"

普里摩拍着门不停地大叫："开门！快开门！"

歌声戛然而止，可门依然紧闭。

普里摩继续喊道："开门啊，列那，快点，拖延是没有用的，再不开，我可就撞了，到时候就是你们的死期。"

"完蛋了。"兰姆吓得屁滚尿流，不住呻吟。倍令也面如土色，向驴子伯纳投去求助的目光。可伯纳也没好到哪里去，整个人惊恐得战栗不止(形象地展现了他们对普里摩害怕的程度之深)。

列那却完全不同，只听他镇定地低声道："如果你们按我说的做，就还有得救，遭殃的会是普里摩。"

其他三个迫不及待地问道："那你说该怎么办？"

列那说："兰姆现在吓成这样，个子又小，顶不了用。伯纳，你是我们中间力气最大的，所以你一定要用力顶住大门，然后稍微开点门缝，让普里摩把头伸进来。他一把头伸进来你就用劲赶紧顶门，把他的脑袋夹在门缝中间，接着倍令再用尖角攻击他，千万不要留情。"

他们依计行事，普里摩果然中计。倍令用尖角把他顶死了。

普里摩夫人见丈夫遇难，发出痛苦的悲鸣。她知道自己单枪匹马是无法打败列那一伙人的，于是，赶紧跑去找人帮忙。

列那说："现在我们该离开了。普里摩夫人会把狼群招来的，到时候就危险了。"

他们立刻离开了普里摩的家，向森林里逃去。但他们不可能跑得比狼还快。因此，还没有跑出多远，一大群可怕的狼就追上了他们。

雪上加霜的是，伯纳和倍令没力气再跑了，而且他们也不熟悉路线。列那知道，现在逃跑解决不了问题。

他说："大家都躲到树上去，等太阳出来我们就没事了。"

"但我不会爬树啊。"伯纳大叫。

倍令也一样，现在他正为自己不会爬树而感到万分沮丧。

兰姆说："虽然我不会爬树，但却会钻洞。我在洞里等着你们，明天一早我们就在这里碰头吧。"

兰姆也不管大家同不同意，就钻到洞里去了。

列那说："唉，我知道你们不会爬树。但是，如果你们还在乎自己这条小命的话，还是试试比较好。危险会给人以巨大的动力，你们跟我学就是了。"

说完这些话，他三下两下地就爬上了一棵大树。伯纳和倍令别无他计，只好硬着头皮跟着努力地爬了上去。<u>他们好不容易才爬上了树，可是一想到整晚都要在这巴掌大的一块地方挤着，就觉得无比难受</u>（表现出他们藏身之处的拥挤，也表现出他们此时的狼狈相）。

群狼们正在树下商量报仇的办法，伯纳和倍令已经快要挤得受不了了。他们多么想动一动自己已经近乎僵直的身体啊！

列那小声说道："别大意，千万不能动，掉下去就完了。"

但是太迟了。伯纳已经掉了下去，还压死了两只狼。

紧接着是倍令，他压死了另一只狼。剩下的狼被这突如其来的变化吓坏了，纷纷四散而逃。

<u>列那趁机扯开嗓门怪叫一声，使敌人军心更加涣散</u>（表现出列那的诡计多端）。

他们就这样脱离了险境。

"这样的旅程太让人讨厌了！"伯纳院长说，"不仅危险，也不符合我修道士的身份。我想回修道院去。请你们代我向陛下说情，让他原谅我吧。"

列那说道："至于我们，如果兰姆和倍令愿意的话，我们就继续这趟行程吧。"

倍令和兰姆不敢抗旨不遵，所以不得不陪列那走完这趟危险之旅。

阅读鉴赏

文章通过外貌描写、承上启下、夸张修辞等手法，向人们展示了惊心动魄的危险之旅，体现了列那在危难时刻的勇敢机智，也衬托出伙伴们胆小怕事、懦弱畏缩的性格。

拓展阅读

狼

狼共有 46 个亚种，善于快速及长距离奔跑，喜群居，常追逐猎食。食肉，以食草动物及啮齿动物等为食。栖息于森林、沙漠、山地、寒带草原、针叶林、草地。除南极洲和大部分海岛外，分布于全世界。

列那的使命

导　读

　　伯纳院长离开之后，他们三个历尽千辛万苦终于到了列那的家里。阴险狡诈的列那又暴露了他难以隐藏的本性，他对两位同伴做了什么呢?

　　列那他们三个历尽艰辛，终于来到了马贝度城堡。海梅林夫人本以为她亲爱的丈夫已经遇难，悲伤了好几天。现在看到他平安回来，真是又惊又喜。

　　马尔邦什和贝尔西埃，还有小鲁赛尔见到父亲也都乐得手舞足蹈、合不拢嘴。当然，和列那一起回来的两位客人也受到了隆重的招待。

　　"请原谅，我……"牧师倍令说，他不太想进列那家，"我从树上掉下来，又跑了一整夜，现在非常累。而且我还撞了普里摩，头到现在都是昏昏沉沉的。我不想进屋，里面太闷了，我就在外面待一会儿吧（倍令为自己不想进列那家找了很多理由，也为列那杀死兰姆创造了机会）！"

　　"悉听尊便！"列那礼貌地说，"我可以叫海梅林招呼你在外面用餐。"

　　"兰姆，你跟我进去。你不是想看宝物吗？等会儿你还可以带点回去呢！现在就跟我进来吧。"

兰姆一点也没有怀疑列那的话，跟着列那进去了。

他们进屋以后，列那得意地说："看，午餐是多么丰盛啊！"

这话他其实是说给孩子们听的，兰姆却天真地东张西望，还以为列那真为他准备了午餐呢！

就在兰姆寻找午餐的时候，列那一口就咬死了他，然后砍下他的头扔到一边（通过描写列那杀死兰姆的过程，表现出列那凶残的本性和杀人手法的娴熟）。

列那指着可怜的兰姆的尸体对海梅林说："好啦，你现在去做饭吧。"

接着，他把兰姆的头放在一个大口袋里，封好口，再打上几个火漆印，然后把袋子扔到一边，就去找倍令。

"快跟我去用餐吧，"他说，"兰姆累得睡着了。我们不要叫他，就让他多休息一会儿，给他留点菜就是了。"

午餐很丰盛，餐桌上充满了欢乐。为了哄孩子们开心，倍令向他们讲述了昨晚自己的亲身经历。海梅林夫人对他招待得很周到，列那也跟他相谈甚欢，因而善良的倍令在列那家待了很久，差点都忘了自己的使命。当他想起国王交给他的任务后，终于感到有些着急了。

他委婉地让列那把国王诺勃勒所要的东西交给他，说是拿回去好交差。

列那回到屋里去取倍令期待的东西，出来时，他手里拿着那个封好的口袋。

"喏，就是这个。"他说，"兰姆太困了，还在睡觉，没法跟你一起上路。他让你先走，他跑得比你快，很快就能追上你了。"

"这口袋里有什么呀？"倍令问。

"是一些珍宝，陛下一定会很喜欢的。倍令，你可以对国王说是你让我准备这些东西的，就说你费了很大的劲儿才让我做了这样的决定，这样你就可以在国王面前邀功了。但你一定不能在半路上打开袋子，这些东西都是有数的，如果少了一两件惹得国王生气，到时候你就得吃不了兜着走了。"

"别担心。"倍令说，"我一点儿要偷看的意思都没有。"倍令为自己能给国王诺勃勒办好这么重要的事而感到骄傲。他对列那和他的妻子再三地表示感谢，依依不舍地向他们告别了。

"你让兰姆快点赶上来啊！"他临走时叫道。

"放心吧！"列那暗自窃喜，"他不会比你晚到的！"

阅读鉴赏

文章通过动作描写、语言描写等手法以及准确用词，形象地再现了列那欺瞒倍令、残忍地杀害兔子兰姆的情景，刻画了列那暗使阴谋的卑劣手段以及倍令和兰姆天真、单纯、易被蒙骗的性格特点。

拓展阅读

珍 宝

珍宝一般是宝石的总称，即贵重珍奇的珠玉、宝石等。后来泛指供皇室或王宫贵族把玩、观赏的奇珍异宝，同时也是一种权力和地位的象征，大臣们经常通过向国王进献各种珍宝来讨好国王，巩固权位。

列那的献礼

导　读

　　对于列那的宝物，国王和王后早就期待已久，他们耐心地等待着列那的献礼，内心的喜悦简直无法控制。然而当倍令提着袋子回来之后，他们看到了什么？之后又发生了什么事呢？

　　菲耶尔夫人对列那答应过给她的那些珠宝首饰期待已久，显得有些急躁。她的丈夫要稍微好些，虽然他心里也想着那些珠宝，却没有把这种心情表现出来（体现了夫妇俩贪恋财物的品行）。

　　这时，蜗牛塔迪夫进来报告，说他已经远远地看到了公羊倍令。国王和王后听到后双双起身，准备出门迎接。但是，这样急切的行为会显得有失身份，所以他们又重新坐了回去。

　　没过多久，倍令回来了。他气喘吁吁地向国王和王后行了个礼，然后把口袋递给了国王。

　　"兰姆怎么没跟你一起回来？"国王接过袋子问。

　　"他应该不会比我晚到啊，陛下。"倍令回答，"太奇怪了，他竟然没追上来。"

　　他继续说道："列那对我很好，待会儿您在这个袋子里看到的东西就

143

是我让他装进去的。这段时间他不管做什么事都会征求我的意见，我们配合得天衣无缝。"

国王撕去封印，打开口袋，然后发出一声恐怖的尖叫，菲耶尔夫人也跟着惊叫起来。

国王手里拿着的是可怜的兰姆的头，倍令怎么也想不到，他带回来的竟是这么个血淋淋的东西。他吓得脸色惨白，呆呆地站在一旁（倍令的神态表现了他胆小如鼠的心理）。他简直不能相信眼前所看到的一切，一时不知道该怎么办才好。国王很快发现了事件的关键所在。

"这口袋是列那给你的吗？"他阴沉着脸问。

"是啊，陛下。"倍令结结巴巴地说。

"可你为什么说他是按照你的指示做的呢？难道是你让他杀死兰姆的？"

"噢……陛下……"可怜的倍令被问得哑口无言（准确生动地表现了倍令的惊讶和害怕）。这一切来得太突然，让他没办法解释。可最后他还是哆哆嗦嗦地说出了事情的来龙去脉。

当国王听他说兰姆进屋休息，而他自己却留在外面时，遗憾地摇了摇头："这下根本就不用再继续往下听了。列那又作案了。这是多么残忍的行为啊！"

毫无疑问，列那杀死了无辜的兰姆——国王的使臣。兰姆本来应该小心提防列那的，但他却天真地亲近并信任了阴险歹毒的列那，让列那有了可乘之机。

更重要的是，列那还把兰姆的头颅打包，让另一个使臣给国王诺勃勒带了回来！

财宝当然是全无下落。也许这根本就是个子虚乌有的谎言。

该怎么办呢？国王举棋不定。本来他还对这件事充满期待，现在看来只是空欢喜一场。他宁可相信列那原来的说法，也许他只是不想交出宝藏吧。王后陷入了沉思，倍令呆若木鸡，国王双手托腮，认真地想了一会儿。大家都被列那的这种行动惊呆了，各自陷入了自己的沉思之中（通过对场景的描写，体现了国王和王后的贪婪）。

国王很清楚，如果去问其他人，他们只会说出一个答案：处死列那。

既然宝藏已经没希望了，那就应该当机立断恢复原判，就此了结此事。

但他若真的将列那处死，这个秘密将永无重见天日的一天，那将多么令人惋惜啊！

国王诺勃勒左思右想，猛地站了起来。倍令以为国王要惩戒他，吓得不停地哆嗦。

可国王却说："咱们走吧，没必要再想了，我们一起去趟马贝度城堡，跟他当面对质。"

国王这样做不仅是为了要列那伏法，抚平众怒，其实也是想打探宝藏的下落。

这一决定就像一条导火索一样，把整个宫廷都燃烧起来了。人人都期待着和国王一起去攻打马贝度城堡，把列那赶出来。这可是千载难逢的好机会啊！所有的男爵，甚至连列那以前的朋友，都拿着武器整装待发。

第二天一大早，他们就上路了！

重新受到重用的叶森格伦、勃伦和梯培一直跟随在国王左右保驾护卫。倍令则备受冷落地在后面走着。雄鹿白里士美、野猪波桑和猴子匡特洛簇拥着王后菲耶尔紧随其后。公牛布吕央和雄马菲南齐头并进，其余的人都在后面跟着。

清早的森林景色宜人、风景优美，大家一路上兴致高昂。没用多久，就到达马贝度城堡了。

国王一行阵势如此庞大，列那在马贝度城堡中早就听到了风声。队伍还没到，列那就已经做好准备了。

列那让还在外面嬉戏的孩子们进了屋，然后关上门，和妻儿一起躲了起来。他还加固了城墙，这样外敌想侵入城堡就不容易了。

另外，列那在屋里贮备了充足的食物，还有地下通道可以逃生，必要时他们可以躲开敌人的追击。

现在他们一家都待在屋里，夫妻俩和孩子们玩拍手游戏，场面十分<u>温馨</u>（对比手法的运用暗示了列那早有防备）。

就在海梅林准备到厨房做饭的时候，国王和他的大队人马来到了。

阅读鉴赏

文章通过环境描写、场景描写、外貌描写等手法，体现了列那深知动物们的个性弱点，甚至连至高无上的国王都要受到他的牵制的奸诈无比的性格特点。也写出了国王宁愿相信列那的假话，想查出宝藏的下落，体现了国王对权力和财产的贪欲和渴望。

拓展阅读

野　猪

野猪，又称山猪。它们广泛分布在世界各地，由于人类的大量猎杀和环境因素，其数量已急剧减少，并已经被许多国家列为濒危物种。野猪是杂食性的动物，只要能吃的东西都吃。现今人类肉品食物主要来源之一的家猪，是几千年前由野猪驯化而成的。野猪不仅与家猪外貌极为不同，成长速度也远比家猪慢得多，体重亦较轻。

攻打马贝度城堡

导　读

　　国王带着臣下们来攻打马贝度城堡，却久攻不下，野外的生活异常艰辛，形势对他们来说非常不利。而列那久居堡内，也已经厌倦了，他要出来透透气。他走出家门之后看到了什么？国王最后又是怎样对待列那的呢？

　　到了城堡前，国王和他的随从们发现列那早就有了防备。侦察了一番后，他们一致认为现在围攻是最有效的方法，于是大家立刻在城外住了下来，但形势对他们来说并不利，野外生活异常艰辛，这些跟着国王过惯安逸日子的大臣们一想到要展开一场持久战，便渐渐失去了信心，更何况他们知道狡猾的列那早已做了充分的准备。

　　列那似乎对被围困丝毫不以为意，他照吃照睡，和孩子们一起玩耍，教他们做各式各样的游戏。他为自己能保持这样的闲情逸致而感到满意。而海梅林一直陪伴在丈夫和孩子左右，不知疲倦，她一点儿也不抱怨这样被围困的生活。国王的军队就这样包围着城堡，不断发动进攻，却不能使其动摇分毫。

　　这种情况的确令人沮丧。国王一心想着那批宝藏，其他人也都报仇心切，围攻战斗持续进行着，可习惯了自由自在生活的列那却受不了这种单调的生活，打算出门了（列那想要出门的想法为下文事情的发展埋下伏笔）。一天夜里，一场激战过后，趁大家还在梦乡中畅游，列那在儿子的帮助下悄悄地走出了屋子，并用绳子把躺在树下的所有敌人都绑在了树上，他们有的被绑住了爪子，有的被系住了尾巴，然后，他得意地站在一旁等他们醒来。

当第一缕阳光射进森林，国王和他的随从们醒来了。他们立刻吃惊地发现自己被绑住了手脚，而他们一心想制服的敌人列那正一脸挑衅地站在不远处。看到他这副样子，这伙人顿时怒火中烧，想要冲过去狠狠地揍他一顿。

这无谓的举动让列那对他们冷嘲热讽起来。他得意地说："我想，现在是时候让我们好好沟通一下了！我这样做完全只是想获得发言权。陛下，我到底犯了什么罪，您凭什么来攻打我呢？"

"你这不遵守承诺的骗子！"国王怒吼起来，"你还敢狡辩？这句应该由我奉还给你，兰姆呢？我的忠臣，他被你弄到哪儿去了？你能告诉我吗？浑蛋！"

"兰姆？他不是跟你在一起吗？倍令！"列那面无表情地反问倍令道，"我不是交给你一个装满财宝的口袋，让你带给陛下吗？"

"真卑鄙！"国王有些动摇。

"真卑鄙！"可怜的倍令也颤抖着重复道。

列那满脸无辜地说："我真搞不懂，你们怎么能用'卑鄙'这个词来形容我？难道我送去的那些宝石还不够吗？还是王后不喜欢宝石（列那无辜的辩解实际上是在为自己开脱，想把责任推到倍令身上）？"

狮子诺勃勒见列那的表情没有丝毫做作，语气也无比坚定，不禁心生疑窦。

国王说："哼，那口袋里装的是兰姆的头颅。那不是你用卑鄙手段陷害的结果吗？你居然还让倍令把这种东西带给我，简直是可恶！"

列那假装惊呆了，他说："兰姆的头颅？但是，陛下，这根本不是事实。你为什么不想想，也许是倍令监守自盗，杀了碍手碍脚的兰姆呢？这样一切就好解释了。如果事情跟我有关，为什么我不一起解决倍令，杀人灭口呢？这样做我不就高枕无忧了吗？不用想了，肯定是倍令杀了兰姆！"

倍令听到这话吓得目瞪口呆，哑口无言。

国王想："难道我的牧师真的对那些首饰心存企图？"这时，蜗牛塔迪夫从睡梦中醒来，看到大家都被绑住了手脚，以为自己也一样被绑住了。可事实上列那漏掉了他，只有他是自由的。

他做事一向很慢，他慢吞吞地走上前，用剑斩断了绑住大家的绳索。情况迅速发生了逆转，列那又重新被包围了。

<u>但这时国王却已不像之前那样坚定了，他又开始相信宝藏的存在，为了得到宝藏，他命令大家不要轻举妄动</u>（国王的反应表现出他对宝藏的好奇和贪婪）。

"好了，别浪费时间。"国王说，"从今天起，我们撤销围攻，打道回府，宫里的事务应该已经堆积如山了。我还是希望能用和平的方式解决问题，一旦查明真相，凶手就要被判刑。"

列那说："我也要起程去罗马朝圣，我要洗刷冤屈，那些控诉对我很不公平，还连累我的家也遭到了攻击，这一切让我十分痛苦。所以，我想以此来忏悔自己的罪孽，求得宽恕。无论如何我都要这样做，如果我真的有什么罪，也会被赦免。"

王后听了这番话，十分感动，向他靠近了一点。国王诺勃勒道："如果你肯真心悔改，我会为你祈祷。愿上帝保佑你能达成心愿，相信大家也会因此而感到高兴的。"

然后，国王大声对全体人员说道："各位，列那已诚心忏悔，现在就要去罗马朝圣了，这个罪人希望能与大家和好如初。我希望你们每个人也都能与他和平共处，他已经到鬼门关走了一遭了，希望大家能够原谅他，从今以后，我不再管这些案子了。列那有什么要求，希望你们能尽量满足，这是对诚心悔改的人最起码的尊重！"

列那告别的场面十分感人，国王不停地安慰他，前一天还恨不得置他于死地的人，现在都在和他拥抱。

他被大家抱得几乎窒息。最后，他推托说要抓紧时间动身起程，才得以脱身。

大家都想去送他，但他却只想自己离开，因为只有这样才不至于破坏这份不太真实的友谊。

阅读鉴赏

文章通过对比衬托、场景描写、语言描写等手法，直接刻画了狮子国王被列那戏弄，贪恋财物、轻信谗言的贪婪本性；体现了列那的狡诈，蓄意蒙骗他人的可耻行为；也表现了动物们的无知和轻率。国王又一次放过列那，又给故事的发展制造了波澜，也为列那以后的狡猾行为埋下了伏笔。

拓展阅读

狮 子

狮子，哺乳动物。与虎一样，同属于猫科。它主要分布在非洲，是非洲最为凶猛的食肉动物，被称为"草原之王"。在非洲草原的众多猫科动物中，只有狮子是雌雄两态的。

列那归来

导　读

　　出行很久的列那回来了，但是眼前的这一幕却令他惊诧不已：自己的妻子海梅林即将改嫁，婚礼正在进行中。列那会有什么举动呢？对于自己的情敌，他又是如何对待的呢？

　　列那真的会去罗马吗？或者他是去罗马找他的堂兄？听说他有个堂兄就住在罗马附近，家中物资丰富，飞禽走兽、山珍海味一应俱全，列那上那儿，日子应该能过得很舒心才对。无论如何，列那出行了很久。

　　这一天，列那准备回家探望妻子海梅林和他的孩子们。走到马贝度城堡附近，他终于丢掉了那个破旧的熊皮背包。<u>一路上他历尽艰辛，风尘仆仆，连皮毛都因在杂草中摩擦而被染成了灰白色。现在已经没人能认出列那了，加之他无意中捡到一把大弦琴，所以外表看来就像个街头卖艺的流浪汉</u>（通过对列那狼狈的外貌描写，体现了他的风尘仆仆）。巧得很，海梅林和一个叫彭赛的年轻狐狸要举行婚礼，大家正在四处寻找卖艺人。

　　原来海梅林一直在城堡等待着丈夫的归来，但过了很久，等到的却是列那已经不幸去世的消息。有一天，骆驼扎伊尔远游回来后告诉海梅林夫人，有人亲眼见证了列那的死亡。据说这件事真实可靠，列那在外面饥寒交迫，患上了严重的疾病，最后又没有及时治疗，所以没多久就病死在路上了。

扎伊尔说得有板有眼，这让海梅林不得不相信丈夫真的已经死了。她哀悼自己亲爱的丈夫，心中充满怀念。日复一日，海梅林的悲伤渐渐退去，而她最顽皮的小儿子鲁赛尔也确实需要人管教。猪獾葛令拜趁机劝导海梅林改嫁（表现海梅林失去列那的痛苦，承接了上文）。

刚开始，海梅林对这个话题非常反感，虽然她对列那的思念不再像以前那么强烈，但是她始终无法忘记列那而去接受另外一个人。

葛令拜却不赞同她这样，他认为问题不在于海梅林是否忘记了列那，而是海梅林和孩子们需要有人照顾，这样他们的生活才有保障。海梅林还这么年轻，而且她一个人很难维持生活，抚养孩子更成了一个大问题。

当葛令拜把这些分析给海梅林听后，海梅林终于开始动摇了。于是葛令拜推荐了一个他认为很理想的人选——列那的堂弟彭赛。这人不仅年轻，而且人品好，如果海梅林能嫁给他，他也会感到十分高兴。

就这样，海梅林慢慢地接受了彭赛。就在列那回来时，结婚典礼已经筹备得差不多了，只差一位为喝酒助兴的歌者。

葛令拜在路上偶然间碰到了狼狈落魄的列那，但是却没有认出他来，还邀请他为婚礼献唱。而列那听到这个消息，难过得心都碎了。

怎么回事？他亲爱的海梅林竟然准备嫁给别人了！

列那认为这些都是敌人的诡计，不是妻子的错。所以他故意不说破，以一个卖艺人的身份接受了邀请，跟着葛令拜一起向马贝度城堡行进（为后文列那发泄自己的愤怒、整治彭赛埋下了伏笔）。

婚礼已经准备好了，马贝度城堡注定要热闹几天。

列那伪装得很好，他像一个真正的卖艺人一样卖力地演奏着大弦琴。来参加婚礼的宾客，甚至连他的妻子和孩子都没有认出他来。

就在晚宴即将结束，彭赛要离开的时候，列那走了过去。彭赛沉浸在幸福中，对自己所处的险境一无所知，他无论如何也想不到自己正被列那所仇视。

列那愤怒地想：这只年轻的狐狸，竟敢打海梅林的主意，还想霸占我的位置，实在是过分！列那决定让他为自己的卑鄙行为付出惨痛的代价（列那的心理活动体现了他想要置这只年轻的狐狸于死地的仇恨心理）。

婚礼办得非常隆重，主办人准备了许多母鸡和白鹅，还有很多美酒佳肴。彭赛想着美丽的海梅林就快成为自己的妻子了，便抑制不住心中的激动，陪着客人大口喝酒，大块吃肉，最后摇摇晃晃地走了出去。

彭赛昏头昏脑地离开了自己的座位，走过演奏大弦琴的乐师身边时，他觉得应当对这位乐师的表演表示一下感谢，感谢他让这场婚礼变得这样有声有色。于是他伸出手臂钩住列那的脖子，亲切地靠在他身上。

列那怒火中烧，仇恨差点让他不顾一切地想要杀死眼前这个不知死活的青年。

但是，他终于还是忍住了，假装关心地问："你还要到圣女坟上去守夜吧？"

彭赛惊讶地问道："什么？为什么要守夜？圣女坟？你说的是哪个圣女啊？"

列那小声地提醒道："难道没人告诉你吗？到圣女坟守夜是婚礼的一部分啊，非常重要的！唉！这些人只知道吃吃喝喝，只会照顾场面，请人来奏乐，但是忘记了婚礼最重要的一个环节，太糊涂了。"

彭赛惊慌地问："忘了什么啊？还能补救吗？这事不会对婚礼有什么影响吧？仁慈的人啊，你就给我点建议吧！"

"嘿！小伙子，"列那说，"你运气不错，碰到了我。这可是你的终身大事啊，可他们竟然忘了告诉你，在结婚的当夜，新郎如果想和新娘白头到老，永远幸福，就应该在婚礼后，到圣女柯珀的坟上去守夜。也许你也听说过，柯珀很年轻就死了（列那又在施展自己的阴谋欺骗年轻的彭赛，为下文做了铺垫）。"

彭赛一脸茫然："不，我根本不知道谁是圣女柯珀，但如果你知道的话，就告诉我她的坟墓在哪儿吧。"

列那当然知道在哪里！可是他却故意不说，只说可以带他一起去。于是，他俩一前一后，向柯珀的坟地走去。彭赛平时话就多，这会儿为了打发路上无聊的时间，他的嘴巴一刻也不停歇，和列那聊起了自己的婚事。

听到很多海梅林和彭赛订婚的细节，列那恨得牙痒痒的，然而这段真诚的谈话过程中，他也知道了他们曲折的成亲过程，而这正是列那感兴趣的。

彭赛说："海梅林其实一直对改嫁犹豫不决，她心里还想着死去的列那，但是为了她的孩子，她勉强同意了。"

列那听到这些话，心想：鲁赛尔竟逼得母亲为了他改嫁，真应该好好教训他一顿。可是现在，他正舒舒服服地躺在妈妈的身边呢。

"的确，小鲁赛尔实在是太顽皮了，"彭赛继续说，"只有男人的力量才能管教好他，这就是海梅林所需要的。"

彭赛紧紧地挽着列那的胳膊得意地说："说句心里话，也许她今天还会提到列那的名字，但明天她可要把他抛在脑后了。我非常有把握，在我们结婚后，我们会非常恩爱的，她也会很快忘记那只老狐狸的。"

列那听了彭赛的狂妄言论，心中的那团怒火顿时蔓延开来。天真的彭赛从这一刻开始，注定再也没有生还的希望了。

<u>树林中的空地上，月光照着柯珀的坟墓，显得格外明亮</u>（对坟墓的环境描写，为下文列那欺骗彭赛做了场景铺垫）。

列那说："就在这儿，你快点向圣女祈祷吧，让她保佑你的婚姻生活能够无忧无虑，一辈子幸福美满。"

彭赛问："告诉我，应该站在哪里呢？该怎么做？"

列那冷冷地说："你把身体对着天，双手交叉抱胸，做成十字架的形状，保持这样的姿态直到明天早上。如果你愿意的话，我也可以用绳子绑住你，帮你把两只手交叉，吊在树干上，这样你就可以保持着这样的姿势而不会感到吃力了。"

"那到时怎样才能解开绳子呢？"彭赛问。

列那假装露出真诚的笑脸回答道："我会在附近躺着，天亮后，就立刻解开绳子放你下来。"

头脑简单的彭赛对眼前这位卖艺人万分感激，他不停地向列那道谢。

他说："如果没有你的话，我都不知道自己会怎么样。真是太谢谢你了！那些朋友太靠不住了，他们只顾着自己吃喝，却把最重要的事情忘得精光。最后，还是你这位好心的陌生人提醒了我。从今以后，我们就是朋友了，而且是知心好友。"

狡猾的列那装作对彭赛的话表示赞同。接着他手脚并用，牢牢地把海梅林的新丈夫绑在了树干上，并鼓励他要对自己有信心，一定要坚持到底，然后便满意地离开了坟地，去干别的事情了。

天终于亮了，可怜的彭赛坚持了一整晚，怀着对卖唱人列那的信任之心等待列那来为他解开绳子，可是狡猾的列那始终不见踪影。一群路过的猎人发现了彭赛，看到这个意料之外的猎物，他们毫不留情地开枪射死了他（彭赛的纯真善良与列那的狡猾形成对比，注定了彭赛的死亡）。

阅读鉴赏

文章通过巧妙过渡、心理描写、外貌描写等手法，通过对列那暗中设计害死彭赛的情景描写，刻画了列那的阴险狡诈、心狠手辣，同时也从侧面衬托了彭赛遇事不思考，轻易相信他人，最终落得被猎人射死的下场。

拓展阅读

骆 驼

骆驼生活在沙漠地区，头部较小，颈部较粗而且很长，身躯较为高大，毛发为褐色，特别耐饥渴。在滴水不沾的情况下可以存活两周，在不进食的情况下可以存活一个月。寿命较长，一般在30年到50年之间。

列那与妻儿团聚

导　读

　　整治了彭赛之后，列那清洗了一下，高高兴兴地回家去找海梅林了。海梅林看到列那回来，又惊又喜，之后他们都畅谈了些什么呢？

　　离开彭赛后，列那把全身上下彻彻底底地清洗了一遍，终于又恢复了原来光鲜亮丽的模样，然后开开心心地去找海梅林。这时候，马贝度城堡的人全都睡着了，而且睡得很熟、很香。他试着敲了敲自己家的大门，隔了很长时间，才听到海梅林的脚步声。

　　只听她问："是谁啊？"

　　列那回答道："是一位到圣地朝圣后回来的香客。我路过这里，顺便给你带来了你丈夫的消息（列那的回答体现出了他的奸诈和狡猾）。"

　　海梅林听到这话后，迅速把门打开，列那便出现在她的面前。

　　"是你吗，列那？真的是你吗？"海梅林惊喜交加。

　　海梅林热泪盈眶，不能自已，她激动地张开双臂与丈夫拥抱。

　　马贝度城堡在婚礼后一片狼藉，列那假装没看到，也装作完全不知道她要改嫁的消息，还询问她到底是怎么回事。海梅林十分惭愧，带着一丝内疚说出了事情的来龙去脉。

听海梅林讲述的时候，列那显得很温柔，一点也没有要责怪海梅林的意思。

他说："我都知道了，我已经使了点小计，让彭赛再也回不来了。总有一天我要让那些曾经对不起我的人全部得到惩罚。"

现在，海梅林早就将可怜的彭赛抛到了脑后。对于其他人的遭遇，更没有心情去理会。对她来讲，只要她亲爱的丈夫列那能够平安地回来，就是对她最大的安慰了。

<u>这天夜里，他们通宵达旦，秉烛夜谈，彼此诉说着离别后的相思之苦和一些生活上的小事情</u>（秉烛夜谈表现出列那和妻子之间深厚的感情）。

列那重新回到了家里，海梅林把城堡内外仔仔细细地认真打扫了一番。列那享受着家庭的温暖，感到生活无比幸福，好像什么事情都没有发生过一样。

阅读鉴赏

文章通过语言描写、场景描写等手法，描述了列那一家久别之后的重逢、欢喜愉快的场景，体现了海梅林对列那的一片真情，同时也表现了列那对敌人的痛恨和对家庭的关爱之情。

拓展阅读

婚　礼

婚礼是一种用来获得社会的承认和他人的祝福的结婚仪式。能有效帮助新婚者尽快适应角色的转变。

国王蒙难

导 读

　　列那远行结束后，和很多朋友失去了联系，同时他很想回到狮子国王身边。鉴于大家对他的痛恨，他想出了什么招数重归宫廷呢？对于狮子国王他又做了什么呢？

　　列那回来后，他的朋友们走的走，散的散，都再也不和他联系了。列那很想重回宫廷，但他现在对那里的情况一无所知。国王是怎么想的，他也猜不着、摸不透，因此不敢轻举妄动。

　　猪獾葛令拜可能去旅行了，叶森格伦和梯培也下落不明。有一件事情大家可能都还不知道，那就是狗熊勃伦已经死在列那的诡计之下了。虽然现在没人知道，但是这个秘密又能守多久呢？

　　这是离马贝度城堡很远的一个地方，列那在远游中来到了这里。他感到十分奇怪，为什么他现在不能和以前一样灵感乍现，想出些好的觅食办法来呢？要知道他脑子里总是装满了那些聪明睿智的想法的。

　　他走着走着，来到一座小树林边，<u>看到国王像最低贱的贫民那样坐在一棵树下打瞌睡</u>（体现了狮子国王现在的狼狈状态）。而离此不远处，一些樵夫正在捆柴火。过了一会儿，他们扔下绳索吃饭去了。

列那趁机拿起一条绳子，悄悄走到诺勃勒身边，轻手轻脚地把他捆了起来，拴在树上。做完这一切，他便偷偷躲了起来。

　　一个樵夫吃完饭回来，发现绳子不见了，感到很纳闷，便在附近到处寻找。他向前走着走着，突然看见了狮子诺勃勒。

　　他吓得大叫一声，倒退了几步，嘴里大声叫喊着转身逃走了。

　　狮子国王被喊声惊醒，心中有些发毛，他想站起身来，但却发现自己根本动不了。

　　正当他费力地挣扎时，突然看到列那正在不远处的大马路上散步，列那似乎并没有看见他。

　　国王立刻向列那大声求救。列那却故意装作惧怕国王，不敢靠近，然后转身就跑。

　　吓坏了的国王绝望地大叫："列那，亲爱的列那！我有麻烦了，快过来救我，给我解开这条绳子，晚了恐怕我就没命了。"

　　"陛下，"列那停下脚步，故意怯怯地说，"我也要考虑考虑自己吧，虽然我这条命在您看来不算什么，但对我来说非常宝贵，我的处境也没比您好到哪里去。我已经听到猎狗的声音了，请原谅我，让我走吧！"

　　"列那！列那！你不能把我丢下不管啊！"

　　"陛下，我一直都对您忠心不二，做您最忠实的臣子，而您却轻信谗言，带人围攻我的城堡，把我当成盗窃犯和杀人凶手。如果我回宫，还不知道您会用什么手段来对付我呢（为了重返王宫取得国王的信任，列那已是不择手段）！"

　　"列那，我封你为大将军，地位只比我低一点。而且我保证以后再也不随便听信谗言了。我听到猎狗的声音了。快，列那，快给我解开绳子。"列那用牙齿一下子就咬断了绳子。国王诺勃勒顾不上维持自己的威严，慌慌张张地夺路而逃了。列那紧随其后。就这样，列那如愿以偿地回到了王宫。

阅读鉴赏

　　文章通过场景描写、比喻修辞、巧妙过渡等手法，讲述列那陷害狮子国王的经过，并最终骗取狮子国王加封的经过，体现了列那的阴险狡诈、自私自利、乘人之危，同时也从侧面反衬了狮子国王不辨忠奸，以至于给自己留下了后患。

拓展阅读

狗　熊

　　狗熊是熊的一种，哺乳动物。它的头部又宽又圆，顶着两只圆圆的大耳朵，形状颇似米老鼠。它们的眼睛比较小，但有色彩视觉，这样它们就能分辨出水果和坚果的不同了。狗熊属林栖动物，到了冬季则会迁居到海拔较低的密林中去。为了生存，它们偶尔也会游荡到平原地带。

导　读

　　列那拯救了国王之后，国王对他加官晋爵，在众位臣子中他真是出尽了风头，享尽了荣誉。大家对他尊敬崇拜，热烈欢迎。但是当国王病倒之后，他是怎样捉弄大家为国王治病的呢？

　　列那对大家会如何对待自己心里还不是很清楚。他只知道他的敌人雄狼叶森格伦、雄狗柯尔特和公猫梯培，还有一些被他三番五次戏弄过的人都对他恨之入骨（表现出列那敌人众多，暗示出他平日和他人的相处并不友好）。其他的人也都是他的反对派。他的一举一动都要格外小心。

　　列那挽着国王诺勃勒，诺勃勒亲切而庄严地靠在他身边。当他俩亲密无间地出现在众人面前时，人群里爆发出一阵热烈的欢呼和赞美之声。人人都对列那的光荣归来表示祝贺，并亲切地询问他朝圣的经过。

　　叶森格伦对他还算热情，一口一个"亲爱的外甥"。梯培就冷淡多了，只是礼貌性地说了几句话。乌鸦田斯令对他的荣归也颇为欢迎。倍令似乎也早就忘了他们旧日的仇怨。雄狗柯尔特更像是他的知己好友一样热情地迎接他。

　　雄马菲南、公牛布吕央、野猪波桑、雄鹿白里士美、蟋蟀罗拜、鼬

鼠贝莱特夫人、鼹鼠古尔特夫人、从修道院赶来的驴子伯纳院长、蜗牛塔迪夫，以及其他很多人都对列那夹道欢迎，表达了与他重逢的喜悦。

但是，狗熊勃伦没有来，大家感到很纳闷。当然，列那对勃伦的去向心知肚明，但他绝口不提这件事。

菲耶尔夫人对列那一向印象不错，十分亲切地接受了列那的致敬。当她听说列那把国王从可怕的死亡边缘解救出来的时候，她向列那表示了衷心的感谢。她的亲热，列那都照单全收了。

可国王诺勃勒却在这时候病倒了。菲耶尔夫人熬夜给他熬了一碗汤药，可国王服下后病情却不见起色。那天他在树下休息，被捆绑后受了惊，又担心自己挣不开绳子会被樵夫袭击，造成精神过度紧张。接着又为了逃难狂奔了一阵，回到王宫后吃的东西又过于丰盛了，所以才会发烧病倒。

第二天，诺勃勒头昏脑涨，病得更重了。他气息奄奄的，似乎已经预见了自己将死的命运，甚至想叫牧师倍令帮他准备后事（国王病重为列那立功创造了机会，也为下文列那的阴谋埋下伏笔）。

全国所有的名医都来给国王会诊，但都没起丝毫的作用，没有一个人能诊断出国王这场突如其来的疾病是什么病，任何药物都不管用。名医们害怕治不好病会得罪国王，为了保命都躲得远远的。

王后过度忧虑，也顾不上惩罚他们。国王病得太重，根本没有力气发怒。没人再去理会那些无能的庸医了，所以也就没有挽留他们，放他们走了。

全体大臣都聚集在王宫里唉声叹气。其中几位看到国王可能不久于人世，竟谋划起另立新主来。他们拟定了一份候选人名单，可因为大家意见不统一，争执了很久都不能定下来。

其中一个说："列那会不会反对勃伦？他会有什么意见？"

"列那已经外出散心去了。"另一个说。

大家对列那的这个举动反应强烈，都表示不满。

其实，列那并不是出去散心。他正在田野里寻找草药，希望能治好国王的病。

整个白天他都忙于这些事。他采了好些药草，按他自己的方法进行加工，然后把其中一些用石头捣烂，滤出汁水，把另一些烧成灰烬。

到了晚上，他回到宫里求见国王。

诺勃勒心中沉郁已极。就算众人都围着他忙得打转，也无法减轻他的痛苦。人们想找些奇闻趣事来给他消遣打发时间，可国王却对这些不感兴趣，一心只想知道谁能给他治病。国王垂死的消息已经被传得沸沸扬扬了，而列那也并不在乎别人怎么议论他，依然按自己的方式行事。他已经知道应该怎么治国王的病了，所以去见国王时，表现出一副胸有成竹的样子。

国王有气无力地问："外面阳光明媚，外出散散心倒是挺不错的主意，你玩得很开心吧？我不想孤单地守在这里等死，所以也正想出去散散心呢！"

"陛下洪福齐天，不会死的。"列那回答道，"只要吃了我白天为您配制的药，您很快就能随心所欲地游山玩水了。这药是我朝圣时带回来的，已经试过很多次了。经过验证，证明药确实效果神奇。"

听了这话，国王顿时转忧为喜，垂死的身体居然从病床上挣扎着坐了起来。

"列那，你为我找到了可以治好病的药？这是真的吗？现在我要怎么做（通过对国王语言的描写，表现出他对生的渴望）？"

列那说："陛下，我先检查一下您的身体，然后再决定用哪一味药。不久以后，您就能痊愈了。"

王后说："啊，列那，要是你能将我丈夫的病治好，那我真是感激不尽！"

列那马上摆出一副医生的样子给病人切脉、听诊，察看舌苔。当诺勃勒感到疼痛而发出呻吟时，列那以一个权威医生的口吻说："要是再晚一天，那就彻底完了！"

"陛下，"他又说，"如果您能满足我所要求的一切，我肯定能治好您。"

"啊，只要把我的病治好，我愿意把王位让一半给你。"国王说。

"我并不是想要这个。"列那说。国王对他的谢意令他非常得意。

不过因为事态紧急，所以他没有时间开玩笑。全宫廷的人都站在他的周围，忧心忡忡地看着列那的一举一动。

列那继续说："我是想说，不管我要的东西如何离奇，陛下都应该给我准备好，以使您能恢复健康。"

"你尽管说吧！"国王回答道。

列那说："首先，我需要一张狼皮把您的身体裹起来，使您发汗。我想，我的好舅舅叶森格伦非常乐意奉献出他的皮（列那以给国王治病为由设计谋害叶森格伦，表现了他的阴险和残忍）。"

叶森格伦吓得浑身发抖。他东张西望，想找一个出口，但是所有的门都关上了。

"我亲爱的叶森格伦，"国王温和地说，"听说你愿意把皮奉献给我，真是太感谢了！你真是我最忠心的臣子！"

"不错。"列那说，"现在正是春光明媚的大好季节，我仁慈的舅舅很快就能长出新皮来，不会因此着凉的。"

"啊，陛下，陛下，"叶森格伦哀号道，"我请求您留下我的皮吧！列那要我的皮，不是为了治您的病，而是跟我过不去啊！如果我的皮真能给您带来好处，我一定心甘情愿献给您。可是，现在谁也不能肯定。列那常常这样欺骗我们啊！"

"这张皮对治好您的病来说是必不可少的。"列那对国王说道。

"叶森格伦！"狮子吼叫起来，"你这个逆臣！我看你对我一点也不忠心。你拒绝把皮奉献给我，就是不忠。"

"我看有必要把他抓起来。"列那添油加醋道。

叶森格伦立刻被几只大手揪住了。卫兵把他捆绑起来，三下两下便剥下了他的皮。列那接过热乎乎的狼皮，把他裹在了国王身上。至于叶森格伦，早已赤身裸体地逃走了。

在人们处理叶森格伦的空当，梯培也趁乱溜走了。他躲过众人的视线，灵巧地跳到一个很高的天窗上逃走了。

他很聪明，因为如果他再不走，那么下一个遭殃的就轮到他了。

"梯培的皮，"列那说，"可以用来盖您的脚……"

可是梯培早已不知去向，任凭别人怎么叫也无法听到他的回应了。

现在人人自危，害怕列那会借着拯救国王的机会让他们献出自己的皮。他们甚至想，要是在列那用这些害人的诡计之前死掉，那该多好（为了不被列那谋害，宁愿死掉，这从侧面表现了列那的凶残和可怕）！

最后，白里士美的角和波桑的一颗牙齿被列那捣成了粉末，给国王吸进了鼻子。接着，国王打了好几个震天撼地的大喷嚏，弄得自己头昏眼花。列那又在国王头上敷了一些草药，然后又用草药熏。这样弄了一阵子，国王真的感到舒服多了。

国王说："列那，我还以为你想用这些药来谋害我呢，可是现在我觉得好多了，身体也感到很舒服。"

"我们明天再继续治疗，陛下。不用怀疑，到第三天您就会痊愈了。"

第二天，几乎所有的人都吓得不敢露面了，他们都害怕被列那报复，成为牺牲品。只有少数几个大臣参加到列那的诊治行列中。

可是，后两天列那却一直只用草药调理国王的病。到第三天，国王的病真的痊愈了。

列那又一次救了国王的命，再一次成为了国王的救命恩人。

阅读鉴赏

文章通过侧面描写、动作描写、场景描写等手法，描写了列那以向国王献药为名再次使用卑鄙的手段蒙骗了国王，也狠狠地打击了敌人，表现了狮子国王不辨事实真相的盲从态度，同时也从侧面表现了动物们对于达官贵人的阿谀逢迎。

舌　苔

　　正常人的舌面上有一层薄白而润的苔状物，叫舌苔，由脱落的角化上皮、唾液、细菌、食物碎屑及渗出的白细胞等组成。正常人的舌苔，一般是薄而均匀地平铺在舌面，在舌面中部、根部稍厚。当患病时，进食少或只进软食，使咀嚼和舌的动作减少，或唾液分泌减少，舌苔就变厚。

列那重获宠

导　读

　　列那的两次救驾，已经深得国王的信任，国王已经被列那的言行所迷惑，把自己的心里话全部向列那诉说，并真诚地挽留列那。那么，国王都说了些什么话？列那最后又做了什么选择呢？

　　吃了列那自制的草药后，国王身体恢复得不错。在休养身体的这段时间里，列那常被叫到宫里为国王解闷。想到列那两次救了自己，国王心中就有着说不尽的感激之情。现在他像菲耶尔夫人一样，对列那特别友好。

　　这段日子为了陪伴国王，列那讲了许多奇闻趣事。国王对那些新奇的故事非常感兴趣，听了后心情大好，对列那也更好了。<u>列那还对国王谈起了许多王国里的事情，那些在大臣中流传的日常琐事也成为了他们的谈论话题</u>（体现了列那见多识广并深得国王的信任）。

　　列那告诉国王，在这些事情上，每位向他报告情况的大臣，都是从自己的角度根据自己的利益出发的。

　　国王感慨地说："唉！一个国王要公正地处理国事，真是不容易啊。他要广泛采纳各方意见，可是人人都有自己的一套说法，真不知道怎么才能辨明真相啊！"

列那没有回答。

国王说："在我心目中，大祭司倍令牧师虽然不算干练，但至少称得上正直。所以我只要有什么重要的事情，都会和他商量，让他去办理，对他十分信任。但结果呢，他竟然为了私吞财宝谋害了兰姆。唉！我真的很失望！"

列那接着国王的话说道："金钱的诱惑是任何人都抵抗不了的，陛下！"

国王说："谁都明白这个道理。的确，我身边缺少这样一位忠心耿耿、聪明机智的人，他能够及时帮我发现大臣们的一些阴谋和那些龌龊（wò chuò）勾当，还能在紧要关头挺身而出保护我。我需要这样一个人，也信任这样的人，同时也希望他不会辜负我毫无保留的信任。现在我身边需要这样一个人，他目光敏锐，可以洞悉一切可耻的行为，能够及时发现那些黑暗中的阴谋，并且能识破那些阴险歹毒的计划，使之全都暴露出来。啊，列那，我是统领这个国家的国王，要是有这样一位能干的人在我的身边帮助我，那我的统治会更加坚不可摧。那是谁呢？列那，只有你才当之无愧啊。不久以后，我将任命你担任大将军，你将成为我最信任的宠臣，你愿意接受这项任命吗？"

列那摇了摇头。

他说："陛下，感谢您对我的信任，您过奖了。的确，我对您的忠心是其他大臣无法比拟的，您现在对我的信任，我只有努力以忠心来回报，但我还不能做到当之无愧。可是您要知道，正因为我坦白、正直，所以结下了许多仇家。即使不是今天，那么在不久的将来，他们也一定会联合起来攻击我的，到时候您就知道，他们有多么希望我在您的面前彻底消失。陛下，流言蜚语的可怕您不会不知道吧？我不知道自己还会不会遭受到上次那样的诽谤，使您把我当叛徒看待。到那个时候，我又该怎么办呢？如果我再一次被当作恶毒的人，被送上绞刑架，或者被人陷害入狱遭受折磨，那我一定会没命的啊！我年纪大了，只想回家，在家里和自己的家人安安稳稳地过完下半辈子，这就是我现在最大的幸福了（列那的这段话在一定程度上表现了他还是重视家庭、热爱家庭）。陛下，如果在前些年，您给予我这样的荣耀，我一定会对此感到无比的开心和满足，也会以无比兴奋和感激的心情来接受的！但是，如今这种热情已经消磨殆尽了。对于现在的我来说，我能够受到陛下的赏识，就感到非常愉快了，对于陛下的信任，我会感激在心的。可是，尊敬的陛下，请恕我不能接受这个职务。"

国王诺勃勒亲切地说："哦，列那，你的回答让我十分难过。我对你了解太迟，可是，我绝不会放弃把你留在我身边的念头。我早就应该和你在一起的，这样才能干出一番事业来啊！你还是先回家看看，与你的妻儿团聚几天吧！当你舒舒服服休息了一段时间后，如果还愿意回到王宫来，我会再给你一个和你能力相匹配的职位的。"

虽然列那已经算是十分有胆识的人了，但他还是不敢当着国王的面说出那些让国王生气或不高兴的话来。他不敢说出接受宠爱也是要讲时机的，就像打铁一样，机会错过了就没用了。他更不敢说出即使能抓住时机，这种宠爱也是不可能长久维持的。

他认真地想了想，认为如果今天不顾国王的挽留离开王宫，一定会惹国王生气的，也许过了一段日子后，当他再回到王宫，国王就不会对他这么热情了。

但比起在王宫里过那种整天担心失宠的日子，列那更喜欢在马贝度城堡过称王称霸的生活。在那里他就算饿得无米下炊，也还是可以用愉快的心情来冲淡饥饿和烦恼。那种自由自在的日子比起伺候国王的生活要有趣得多。而在这里强敌环伺，他的仇人是不会放过他的，他们一定会不断寻找机会，制造谣言打压他（对比手法的运用体现了列那的知己知彼、深思熟虑）。

经过一番深思熟虑，列那向国王诺勃勒和王后菲耶尔夫人提出了辞别的请求。他向国王表示了感谢，许下了口是心非的承诺，然后才走出了王宫。

在回家的路上，列那一路小跑，感到无比轻松愉快。

阅读鉴赏

文章通过对比衬托、设问句式、语言描写等手法描述了国王和列那之间的谈话，体现了列那认真分析当前形势，为自己的生活着想的心理，同时也表现了国王妄信谗言，亲佞远贤的昏庸行为。

拓展阅读

打　铁

打铁是一种原始的锻造工艺，是把锻炼烧红的钢铁做成器物的过程。通常打铁是要把锻打的铁器先在火炉中烧红，然后移到大铁墩上，由师傅掌主锤，下手握大锤进行锻打。最后，使方铁打成圆铁棒或将粗铁棍打成细长铁棍。

列那重获自由

导　读

列那在回家的路上，不请自来地到了叶森格伦家里，叶森格伦一家对列那非常冷漠，但是列那毫不顾忌这些，只对他们家的火腿感兴趣，之后他又是如何戏弄叶森格伦的呢？

列那怀着幸福的满足感轻松地朝回家的方向走去，此时的他不仅摆脱了大臣们的控诉，还取得了国王和王后的信任，甚至是宠爱，那些仇人们不敢再来找他麻烦了。他马上就能回到马贝度城堡与亲爱的海梅林和孩子们团聚了，然后再一起重新过上那种无拘无束的生活。

他一路飞奔，脚步轻快，好像已经看见了马贝度城堡一样，心中有说不出的喜悦（通过对列那动作的描写，表现出他急于回家的喜悦心情）。当他路过舅舅叶森格伦家时，突然产生了一个奇怪的念头，想要在回家之前，去拜访一下叶森格伦和海逊德。

可怜的叶森格伦现在正裹着一件长外套待在家里，他那被剥了皮的身体还没有长出新皮。为了不让别人看见自己这副狼狈的模样，每天他只有在夜里才出外活动一下。

列那常常把冒犯叶森格伦当作一件有趣的事情去尝试，现在跑去拜访

173

一个曾遭自己毒手的人，似乎不太理智。可是列那生就一副天不怕地不怕的个性，他喜欢冒险，喜欢捉弄别人，因此，他还是去了。

到了叶森格伦家门口，他假惺惺地说："好舅舅，我来拜望您和舅妈了，告诉你们一个好消息，国王的病已经痊愈了。舅舅，国王让我转告您，他再一次向您表示感谢，他永远也不会忘记您，多亏您的皮让他治好了病。国王和王后都对您心存感激。"列那最后还不忘强调自己并没有撒谎。

叶森格伦不愿意再与这位国王的宠臣纠缠不清，也不愿意搭理这位仇人了，他发出了不耐烦的声音。看到丈夫被害成这副模样，海逊德对列那也恨得咬牙切齿。于是，她一改往常热情好客的态度，对列那异常冷淡。

屋里的气氛显得有些不太自然，但列那一点儿也不在意。他坐下来，抬头看看烟囱，发现上面挂着几根肥大的火腿，于是喊道："好舅舅，那些火腿真是香啊！那香味直往我鼻子里钻呢！是您准备的过冬的食物吗？"

叶森格伦以为列那又在打什么歪主意，愤怒地说道："我身体还没有完全恢复，当然要多准备些过冬用的食物啦！"

"我的好舅舅，虽然您真的很有远见，但是您不怕小偷吗？您把火腿挂在那么醒目的位置，任谁看见都会打它的主意的（通过语言描写暗示列那已经开始打火腿的主意，为下文列那偷火腿做了铺垫）。"

叶森格伦回答道："谁敢打主意？我肯定没人敢来偷我的东西！而且你看烟囱封闭得这么好，想要偷走火腿是不可能的。"

"可是，舅舅，"列那继续说道，"我不同意您的说法，我认为您还是太大意了。如果是我的话，我一定会很小心地把火腿藏好，然后到处跟人说我的火腿被别人偷走了。这样一来，火腿就会很安全了，您也可以高枕无忧了。"

列那故意拖延时间，希望能尝一块香喷喷的火腿。

叶森格伦听了列那的建议，也觉得有理，于是他决定留列那在家里吃饭。海逊德很快就做好了满满一桌饭菜，可是却只有猪大肠和肝脏，火腿连影子也没看见。

天黑前，列那辞别叶森格伦和海逊德，朝自己家的方向走去。走了一段时间，当他确定已经远离叶森格伦的视线后，便躺在灌木丛中睡起觉来。

醒来后天色已晚，太阳已经下山了，他又抄小道悄悄回到叶森格伦的屋子。在屋外，他脱下鞋子，爬上屋顶，拆掉烟囱的封口，顺着烟囱溜进了屋内，然后，他拿起火腿，飞快地逃走了。

深夜，叶森格伦一觉醒来，感觉凉风习习，风吹进屋里，让他打了好几个喷嚏。

叶森格伦以为有人打开了门，问道："谁在那儿？谁要进来？"他一下子惊醒过来，从床上爬起来，去找那阵凉风的来源。当他来到烟囱下时，抬头一看，发现烟囱封口被人掀开了，同时发现挂在角落里的火腿不见了。这些美味的火腿可都凝结着他的心血啊，谁敢来偷呢？叶森格伦立刻歇斯底里地大声叫喊起来。

<u>他想：我的身体还没恢复，火腿又被人偷走，现在真是一无所有，怎么挨得过这个冬天啊</u>（通过对叶森格伦心理活动的描写，暗示他现在境遇的窘迫）？

叶森格伦只顾不停地抱怨，完全不管裸露在外的身体了，他跑到门外大步踱来踱去。

就在这时，列那出现了。

他看到叶森格伦在那边长吁短叹，假装十分关切的样子问道："好舅舅，什么事让您这样忧愁呢？"

叶森格伦气得大喊道："被偷了，被偷了啊！"

"被偷了？什么被偷了？"列那好奇地问道。

"火腿，我的火腿，火腿啊！"叶森格伦厉声哀号，似乎只有这样才能排解他心中的愤怒，让心情平静下来。

列那说："是那些火腿吗？我早就警告过您火腿放在那地方不安全，

可您就是不听，现在被偷了吧！唉，今天我跑来，就是特地来请您让一些火腿给我的，海梅林听说您家里有火腿后，垂涎欲滴，说什么都想尝尝火腿的味道，哪怕只有一小块！我今天早上才钓到十二条大鳗鱼，她就催着我快点过来跟您交换，可没想到还是来迟了一步！"

"十二条大鳗鱼！"叶森格伦惊叫道。听到这样的消息，叶森格伦更加懊恼了。

这时，列那看见烟囱上开着的洞，突然大笑起来："哈哈哈！我的好舅舅，您这样做就对了。怎么样，您还是按照我说的做了吧，肯定错不了。哈哈哈！干得不错，但您要装就装得像一些，多装出一些自己不小心的样子，让别人以为您的火腿就是这样被偷走的。舅舅，您应该已经把那些火腿藏到一个安全的地方了吧？说句老实话，现在您只需要把烟囱堵上就行了啊。唉！我亲爱的海梅林，你还真是可怜！这些鳗鱼我只好自己留着了！"

列那假装摇头叹气地离开了叶森格伦的家，但实际上心里正在偷笑呢！

而可怜的叶森格伦这个傻瓜，还在一边独自难过着，也不知道是在为丢了火腿难过，还是因为吃不到那些美味的鳗鱼而难过！

阅读鉴赏

文章通过动作描写、语言描写、场景描写等手法，通过对列那捉弄叶森格伦、设计偷走火腿的情节刻画，表现出列那的死性难改。同时也展现了叶森格伦的愚蠢，多次上当受骗，依然不能吸取教训。

拓展阅读

火 腿

火腿是腌制或熏制的猪腿，又名"火肉""兰熏"。火腿含有丰富的矿物质及蛋白质，不仅是令人垂涎欲滴的美味，而且是强身健体的补品。

列那之死

导　读

　　列那走后，国王的日子变得无趣而又平淡，他对列那朝思暮想，寝食难安，于是就把传唤列那进宫这个使命交给了松鼠，希望他能不负皇恩，完成使命。松鼠深感责任重大，但是他能顺利完成任务吗？

　　自从列那走后，国王诺勃勒无人做伴，觉得日子十分无趣。他已经习惯了有列那在身边陪伴的日子，每次菲耶尔夫人谈起列那不愿意留在宫中的事情时，他都会流露出遗憾的神情。终于，他忍不住派人去马贝度城堡传唤列那进宫（引出了下文，为下文派松鼠请列那进宫做了铺垫）。

　　使者是松鼠卢索，国王希望卢索能说服列那回到宫中。

　　国王对卢索说："只要他愿意回到宫里给我做伴，我可以给他绝对的自由，他可以按照自己的意愿，随意走动。这个你一定要向他说明。你还要告诉他，海梅林夫人和他的孩子们也可以到王宫来，夫人将被王后奉为上宾，孩子们可以留在宫里接受正统的王室教育。"

　　耿直的国王还毫不犹豫地补充道："你可以先答应他提出的所有要求，然后我们再让时间去验证他是否信守诺言。只要你能带他回宫，卢索，我将授予你一枚象征着功勋与荣耀的徽章来表彰你所做出的贡献。"

　　卢索神气活现地接受了这个重要的任务，像一位钦差大臣一样，向马贝度城堡出发了。但是，宫里和世界上每个角落一样，是永远也不会有秘密的。就在卢索出发后不久，国王要召列那进宫的消息就传到了马贝度城堡。原来，在卢索赶往马贝度城堡的时候，箭猪就把这个消息告诉了列那。

　　卢索终于到了马贝度城堡。他看见城门紧闭，就不停地敲门，隔了很久，才听到里面有人应答。是贝尔西埃，他打开了门，让卢索进屋。卢索俨然就是国王的钦差大臣，他趾高气扬地说道："请你们的男爵出来见我。我有重要的事情要传达（体现了松鼠对于自己身负国王的使命而感到骄傲的神气）。"

　　贝尔西埃说："哎呀！我父亲现在谁也见不了。"

　　卢索被贝尔西埃的话弄得莫名其妙，不解地问道："为什么？发生什么事了吗？国王陛下愿意接受他提出的任何条件，只要他肯进宫。所以我无论如何也要见他，并且要带他进宫。"

　　卢索激动起来，以致尾巴都张成了扇子的形状（通过对松鼠尾巴的细致刻画，表现出松鼠的担心和害怕）。他继续说："现在列那去与不去不是他一个人的事，还关系到我的前途，还有国王对我许下的承诺。"

　　"去不成了，去不成了……"贝尔西埃只是这样不停地重复，这时候传来了另外三个声音，那是马尔邦什、鲁赛尔和他们母亲的声音，他们的回答就像是贝尔西埃的回声："去不成了……"

阅读鉴赏

　　文章通过巧妙过渡、语言描写、细节描写等手法，刻画了国王对列那的喜爱和依赖之情；也从侧面反衬出国王的不识忠良、轻信小人的昏庸行为；也表现了列那的狡猾，使用诡计逃脱的行为。

拓展阅读

箭　猪

　　箭猪又称豪猪，是一类从头部到尾部都披着尖刺的哺乳动物，体色为褐色、灰色或白色。箭猪栖息于低山森林茂密处，过穴居生活。

读后感

《列那狐的故事》读后感

王 飞

《列那狐的故事》是一部由一系列独立成章又前后呼应的故事组成的动物传奇故事，充满了喜剧色彩。故事描绘了一个驳杂而又新奇的动物王国，叙述了形形色色的动物之争。书中围绕着主人公列那狐展开的每个故事都引人入胜，充满了神奇色彩，而且具有深刻的讽刺意味。

读完这个故事，列那狐给我留下的最深刻的印象是聪明机智，能够左右逢源。每当他遇到困难时，在我看来已经是濒临绝望了，但他都会想出一些绝妙的方法使自己死里逃生，从困境中摆脱出来。

面对比自己强大许多的猎人、狮王、公狼、熊等，列那狐并没有害怕地一味退缩忍让，而是始终凭借自己的智慧与他们斗智斗勇：他把贪婪的大灰狼狠狠地教训了一顿，十分巧妙地捉弄了脾气非常暴躁的狮子国王，还差一点就把大狗熊的鼻子给弄下来了。

列那狐在比自己强大的势力面前毫不退缩，对比自己弱小的动物更是毫不客气。他经常用花言巧语将各种小动物变成他的美味佳肴，如小兔子、小公鸡等。

了解了列那狐的故事，我觉得他有时可爱，有时又让人讨厌，真是让人又爱又恨。不过，我还是很喜欢看他的故事，不光是因为有趣，还因为能从故事中学到很多东西，也能够更加反省自己。

不过，对于列那狐的小聪明和小机灵我们要谨慎对待，不能到处乱用。比如，在学习上我们就要不得半点小聪明，而是要把基本功扎扎实实地打好。面对事情，我们还要分辨是非，知道对错，这样才能做一个真正聪明的好孩子。

考点精选

一、选择题

1. 中世纪城市文学中讽刺故事诗的代表作是（   ）

    A.《驴的遗嘱》   B.《卡勒瓦拉》

    C.《列那狐的故事》   D.《玫瑰传奇》

2. 玛特·艾·季诺夫人是哪个国家的人？（   ）

    A. 美国   B. 法国

    C. 德国   D. 意大利

3. （河北省中考试题）《列那狐的故事》的前身是（   ）

    A.《伊索寓言》   B.《安徒生童话》

    C.《格林童话》   D.《木偶奇遇记》

二、填空题

1. （陕西省渭南市中考试题）《列那狐的故事》借动物之名对当时 _____进行了辛辣的讽刺。

2. 玛特·艾·季诺夫人生活于_____世纪的法国，她受到《伊索寓言》的影响，以流传于法国民间的列那狐的故事为原型，编写了《列那狐的故事》。

3. 在《列那狐的故事》中，作者以冷嘲热讽的方式无情地揭露了_____，以及贵族和大臣的_____，尖锐地抨击了他们的尔虞我诈、狼狈为奸和欺压百姓的罪行，也深刻地反映出在这样的社会里，也只有狐狸那样的人才能够生存，占据上风。

三、判断题

1. 列那的出世是由于亚当用神棒击水所造成的。（   ）

2. 列那的亲朋好友都非常喜欢他，认为他单纯、善良。（　　）

3. 列那经常捉弄叶森格伦，表面上是为了帮他寻找鱼，实际上是为了捉弄和陷害他。（　　）

4. 列那抓住了幼小的柯珀，但是最后又放了她。（　　）

参考答案

一、选择题

　　1. C　2. B　3. A

二、填空题

　　1.法国社会的腐朽堕落

　　2.12～13

　　3.封建制度的腐朽　　狡诈奸猾

三、判断题

　　1.×　2.×　3.√　4.×

编者声明

　　本书由全国资深教育专家和百位优秀一线教师为广大学子精心制作，在编辑的过程中，我们参阅了一些报刊和著作。但由于联系上的困难，加之部分作者的通信地址不详，一时未能与某些作者取得联系。在此谨致歉意，并敬请作者见到本书后，及时与我们联系，我们将按国家相关规定支付稿酬。

"超级阅读"编辑部

联系电话：010–51650888

邮箱：supersiwei@126.com